金牌小说

Awarded Novels
长青藤国际大奖小说书系

MEAN MARGARET
坏脾气的玛格丽特

〔美〕托尔·塞德勒 著　〔美〕约翰·阿吉 绘　陈静抒 译

晨光出版社

前言
Preface

旱獭的真谛

  在童书的世界里,《坏脾气的玛格丽特》是一本比较特别的小书,它从一个或者说是一群小小穴居动物的视野里,带我们认真地领略了"家"这个词的含义。它讲述了亲人之间的包容、理解、扶持和分享,只是与那些千篇一律讲述温馨甜蜜的爱情和美好家庭时光的故事所不同的是,对于这其中种种令人望而生畏的地方,它也丝毫没有吝惜笔墨。

  还记得《傲慢与偏见》里那个著名的开头吗:"凡是有钱的单身汉,总想娶位太太,这已经成了一条举世公认的真理。"在这个故事里,作为一个有品位、有家底、相貌堂堂、颇有教养的单身汉,弗莱德也不例外。不过,一开头的时候他可是老大的不愿意。独居的生活多么整洁美好呀,屋子里再多出来一只旱獭的话,就意味着拥挤和凌乱了。还有可能要忍受一些自己没法忍受的坏毛病:比如牙齿上沾着豆汁,爪子上满是泥土,身形毫无节制地吃成胖球……可是每天晚上,那一个肩头冰冷的噩梦都要准时来折磨他,提醒着他该娶个太太了。在这不情不愿的寻找过程中,弗莱德却意外地真正体会到了恋爱的感觉:那犹如春日里的一丝煦阳照亮人生的美好。原来,找到一个品位、喜好、习惯都相同的人时,根本就不用担心那些莫须有的脏乱差事故了。

  然而恋爱才刚刚是婚姻的开始。既然要和菲比做家人,弗莱德也就要放弃对于小孩子誓不两立的看法了。虽然还并没有打算要小孩,可是面对菲比的姐姐芭贝特的孩子,面对菲比对孩子的爱,弗莱德再也不能轻易地转身走开了。这，便是为爱妥协的第一步吧。当菲比把玛格丽特拖回家的时候，那个顶着一肚子牢骚跟在后面的弗莱德简直太可爱了。作为一个特别讨人厌的小孩，玛格丽特真是把自己考验他们婚姻的作用发挥到了极致。她一次又一次地挑战着弗莱德的耐心，破坏着他辛苦建立起来的一切，甚至毫不珍惜包括菲比在内的任何人对她的真挚情感。弗莱德开头也许并没有想到——如果想到的话，他大概又要恐婚一阵子了——即便找到一个志同道合共同建设家庭的伴侣，也会有意想不到的新风浪，把他曾经视如珍宝的小窝掀翻。而他更不会想到的是，在失去小窝的那一刻，小窝虽仍然重要，却已不是他生命中最最要紧的第一位了。谁又能想到，在最后已经快要忘记的时候，小窝又奇迹般地重生了，而他们却再也不会回去了。

人生就是充满了这么多的意想不到，不是吗？

在这所有的一切中，唯有菲比温厚宽广的爱包容化解了一切。她就这样不知不觉地改变了弗莱德，把他变成了一个自己都快不认识的崭新的自己；她的爱也凝聚了山洞里的一家人，让没有体温的蛇都找到了家的温暖；最后，她的努力和坚持所带来的最大奇迹就是改变了玛格丽特。这个到哪里都讨人厌的、坏脾气的小孩终于学会了尊重和善待，并且把这股力量带回了自己家中。对所有的困难和奇迹，菲比从来没有表现出特别的惊奇。也许是因为在默默哀悼母亲的那些日子里，她早就领悟出，生命的存在和爱的延续，本来就是这世间最大的磨难和最大的奇迹了。

赫尔曼·黑塞说，所谓爱，它并不是为我们的幸福所存在的东西，它是要让我们明白，在痛苦和坚忍中爱是怎样顽强地生存的。这就是这一对小旱獭和一个小屁孩的故事，所要告诉我们的真谛呀。

目录
Contents

一	冰冷的肩头	1
二	温室蓝调曲	6
三	蛇的建议	13
四	甜美的微笑	19
五	三月五日	24
六	彩虹	31
七	小九	37
八	霉运	44
九	房客	51
十	羊奶与蜂蜜	57
十一	洞穴	65
十二	泥巴	72

十三	搬家	77
十四	山洞生活	84
十五	好玩儿	92
十六	更好玩儿	97
十七	蛇之痛	102
十八	直接命中	107
十九	又一次闪电	114
二十	回家	123
二十一	晚安吻	131
二十二	搜寻	137
二十三	回家之旅	144
二十四	小耐心	156

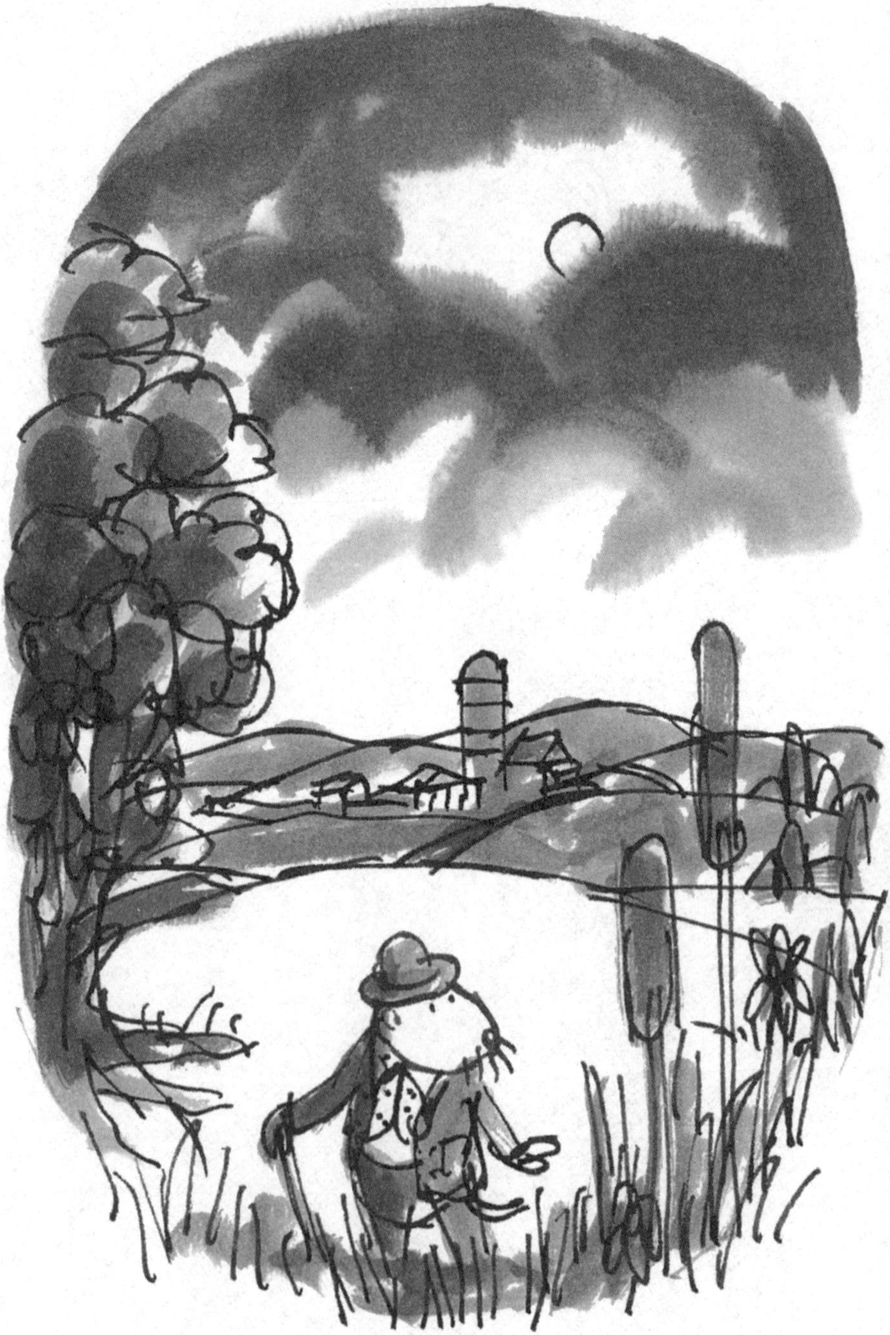

一

冰冷的肩头

  一个春日的下午，弗莱德正在草地上觅食，一朵乌云缓缓地遮住了日头。他已经离开自己的洞穴有段路程了——从刚刚嗅到的一缕恶心兮兮的臭味来看，不远处就到养猪场了。弗莱德生怕弄湿了一身皮毛，赶紧跑到旁边一棵枫树的树洞里躲了起来。爬树倒不用费什么力气——旱獭是松鼠的远亲——只是这个洞也未免太糟糕了。

  "都怪那些啄木鸟。"弗莱德嘟囔着。

  他探出脑袋想找找还有没有更好的地方，刹那间便被一道闪电晃得睁不开双眼。接着是一声震耳欲聋的雷鸣，接下来又是一阵猛烈的噼啪声，震得他每一块骨头都在抖动。

  几秒钟之后，天空崩裂开来。

坏脾气的玛格丽特

"真是倒了八辈子霉了。"弗莱德说。

眼看困在了这里,弗莱德不由抱怨起啄木鸟肮脏的生活习惯来。"他们不知道世界上有个东西叫扫帚吗……"作为一只独居的旱獭,他经常自言自语。不过,当树底下跑过来一对肥头大耳的丑陋人类时,他闭上了嘴巴。

"我的天呀!"那个女的说。

"我们俩浑身都湿透啦。"那个男人说道,他胳膊底下还夹着一只大火腿。

弗莱德屏住了呼吸。这两个人身上的湿衣服味道比刚才闻到的猪臭味也好不了多少。

"说真的,哈勃先生,"过了一会儿那女的说道,"这也不算太糟糕,是吧?"

"好歹不用带孩子了。"那个男人赞同道。

雨终于停了,太阳又出来了,在草地上洒下点点金光。可令旱獭不高兴的是,这两个又肥又臭的人却还不走。

"瞧,哈勃太太,"那个男的说,"彩虹。"

"在哪儿呀?"

"那里——就在猪圈那边。"

"哎呀,天呀,是的!真好看!"

弗莱德也看到了那道彩虹,不过这只给他带来了些许安慰。因为此时,哈勃先生闲着的那只胳膊揽住了哈勃太太的腰,而哈勃太太则把脑袋靠在了哈勃先生的肩头。

"这下好了,"弗莱德心说,"我要在这里待上一辈子了。"

然而彩虹很少能持续很久,这一道也渐渐便消散了。哈勃太太叹了一口气,说:"我看我们再不回去,屋顶都要给他们掀翻了。"

哈勃夫妇刚一摇摇摆摆地走上大路,弗莱德就撤出了那个脏兮兮的树洞。回家这件事从未令他如此快乐——即便如此,他也没忘记在入口的玄关处把双脚给擦了个遍。他对自己的洞穴充满了骄傲。这是全世界最整洁、最私密的地方了。挖这个洞时是他的一段人生低谷——再没有比挖土更能弄脏手掌的事情了——可至少他以后都不用再经历这种恐惧了。他咬紧牙关,挖得特别深,以确保自己免受爬来爬去的蜈蚣和嘎嘎叫的松鸦的打扰。唯一一次叨扰来自于一条循着猎物来到他家门口的花纹蛇。这点困扰也不算什么,因为蛇一向少言寡语——即使嘴里没有塞满青蛙或老鼠。

爬上枫树的时候弗莱德弄乱了毛发,因此他回到家后要做的第一件事就是仔仔细细地给自己清理梳洗一遍。接着,他坐在了心爱的那把扶手椅上,挨着那罐萤火虫。他沉浸在

自家小屋一片整洁、干燥又舒适的宁静之中，慰藉之前所遭受的折磨。这里没有闪电刺眼的光芒，只有柔柔和和虫儿的光；这里也没有人类身上那难闻的味道，只有松木家具散发着的沁人馨香；更没有那震得骨头都要散架的爆裂声，只有一片绝妙的宁静。屋里一点儿声音都没有，直到后来他自己的胃开始咕噜叫起来。

弗莱德慢悠悠地朝厨房走去，给自己准备了一份特别的享受：三只蜗牛，摆在一盘苜蓿上。吃过晚饭，一阵惬意的倦意袭来，收拾好厨房之后，他用一片树叶盖住了萤火虫罐子，便慢慢晃进卧室，依偎在了床上。他做了祷告，感谢上天赐予他一只旱獭所能奢望的一切，然后闭上了眼睛。

床上温暖而舒适，却突然有一阵寒战袭遍全身，惊诧之中他坐了起来。"是不是在那棵倒霉的树上感冒了？"他问自己。"那里太潮湿了，"他说着又咽了口口水，"不过嗓子还没疼。"

弗莱德检查了一下扁桃体有没有肿大。没有。唯一异样的就是肩头的一丝寒意。他又躺了下来，把微凉的肩膀埋在被子里。忽然，他看到自己变成一只结了婚的旱獭，有一个妻子，对方还把脑袋靠在他的肩膀上，温暖着他。

弗莱德惊醒过来。

"哎哟，"他说着，意识到自己还是孤身一人，"这个梦也太可怕了。"

到了白天，这个梦就显得更为愚蠢了。"一个妻子，多荒唐的念头呀。"他一边扫地一边说道，"要是这屋子里再来一只旱獭，还怎么保持整洁呀。"

可到了晚上，那股寒意又袭向他的肩头。那天夜里，到了后半夜，他又被同样的梦惊醒了。最后这变成了一个夜间惯例——对于弗莱德这样一个害怕打乱日常秩序的旱獭来说，这哪里叫惯例，简直就是夜间酷刑。他试过了能想到的一切办法：平躺着睡，戒掉刺激性的食物（例如薄荷和蒲公英叶子），数老鼠，等等。可没一样管用。一次又一次地，他在午夜猛地从床上坐起来，因为梦见结了婚而发抖。

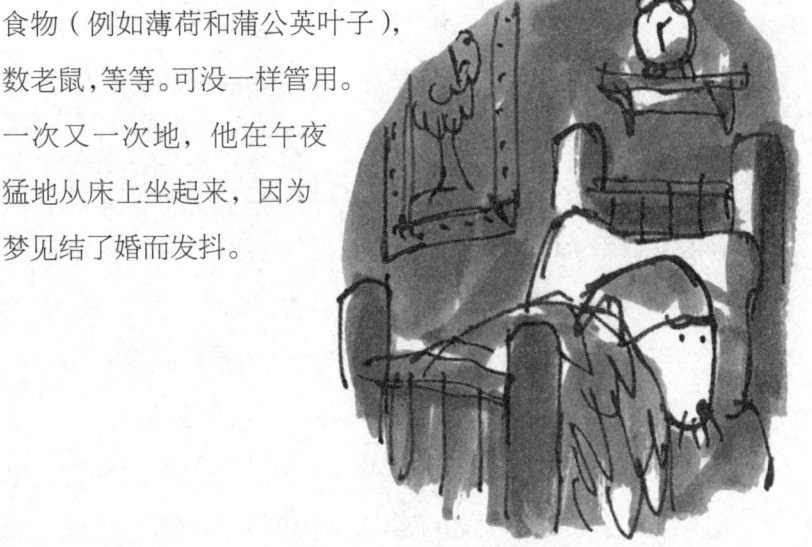

二
温室蓝调曲

　　旱獭几乎什么植物都吃，不过大部分旱獭都比较偏爱蔬菜，而在这个季节——眼下是四月——弗莱德家附近唯一一个有现成蔬菜的地方就是草地另一头的温室了。每天清晨，在园丁到来之前，这个温室是人气超高的旱獭聚集地。弗莱德还一次都没去过，因为他喜欢睡到九点才起床。此外，他不喜欢皮毛上面沾到晨露。再说了，他也没那么想要和其他的旱獭打交道。

　　不过，温室显然是找对象的最佳地点。被噩梦连续折磨一个多星期之后，弗莱德已经绝望得什么都肯一试了。当然了，他并不是真的想要找个伴儿，可没准儿等他走个过场找一找，那梦魇就不会来骚扰他了，那么生活就又能恢复正常了。

第十次被噩梦惊醒之后,弗莱德把自己从舒适的小床上拖了起来,走到洞口。"弗莱德啊弗莱德,你这是发了疯了。"他瞪着寒冷的黑暗,自我坦白道。晨光熹微中,他只看得清旁边那棵桦树白色的树皮,不过他还是强迫自己摸索着去温室的路,同时在心里盘算着下一步的计划。要是在那边能碰上个合适的,他就走上前去对她说:"打扰一下,请问豆荚是在哪里……"

走到草地中间的时候,露水已经打湿了弗莱德的皮毛。好在太阳已经从地平线探了个头出来,一走到温室那里,他就在东边找了块地方,靠在一块石头上,让阳光直直地照在他右边身子上。过了一会儿,他又从温室的玻璃上跳下来,让太阳再烤烤左边身子。等到浑身都干得透透的了,他又匆忙检查了一遍皮毛,就循着一丛灌木后旱獭们的气味,从一扇缺了玻璃的窗户里钻进了温室。

温室里温暖宜人,可这湿气却有点儿让弗莱德受不了。他挤过一丛闻上去毒气熏天的金盏花,看到一垄豌豆旁边正站着一只迷人的母旱獭。

"打扰一下,"他说着朝她那边走去,"请问你知道豆荚在哪里吗?"

那母旱獭的脸上写满了惊讶:"干吗要找豆荚呀?"

"哦,我就是想尝一尝。"

"可豆荚有好多筋,你尝尝这个呗。"她递过来一捧豌豆。

"呃，不用了，谢谢。"现在吃早饭有点儿早，再说，他喜欢先洗洗再吃。

"嗨，吃点儿吧。"她说着朝嘴里丢了两粒，"好吃着呢。"

她一边嚼着豆子一边咧嘴微笑，表示味道好极了。可弗莱德的眼里只看到了她那被豌豆染绿的牙齿——她竟然张着嘴巴嚼东西！

弗莱德觉得恶心极了，他一溜烟地从温室跑回了家。可到了夜里，那股寒意又袭上了他的肩头，那个梦又惊扰了他的好觉。于是他又重头折腾了一遍：把自己从床上拖起来，穿过湿漉漉的草地，在石头上晒干，再钻进潮热的温室。

这一次他挤到胡萝卜那边去了。据说胡萝卜是补脑的，也许这回他能找到一个有点头脑的母旱獭,知道要闭着嘴巴嚼东西。果不其然,他看到胡萝卜叶子之间蜷缩着一只旱獭,长得漂亮极了。

"打扰一下,请问你知道豆荚在哪里吗?"

"绿豆荚,黄豆荚,还是利马豆的豆荚?"她友好地微笑着,问道。

"我想是绿豆荚吧。"他说着,注意到她有着闪亮的牙齿。

"大概是在那边,倒数第二个喷头下面。"她立直后腿站了起来,用手指了指——他从没见过这么脏的前爪。当然了,她不是一直在挖胡萝卜么,可这还是……

"够了。"一路跋山涉水回家的时候,弗莱德咕哝着,"本旱獭再也不要天不亮就起床了。"

可那噩梦还是一直纠缠着他,最后他只好再去温室碰一次运气。这次他兜了个大圈子,绕到了温室另一头的甜菜根那里。结果在两行甜菜之间,他发现了一只旱獭,那旱獭脸上挂着他所见过的最甜蜜的微笑。然而,越走近,他就越发现,她想必也很偏爱甜蜜的食物,眼瞧着她的身子已经把整条垄沟给占满了。算起来,她的块头得有他的两倍还多。

这痛苦的经历使得弗莱德一连好多天都没再去温室,可那噩梦始终挥之不去,最后他又往温室跑了好多趟。每次碰到的母旱獭都不够完美:能说会道的呢,毛发乱糟糟的;要是毛都梳得整洁光亮的,牙齿又一塌糊涂。

"没指望了,"最后他决定,"我还是让肩膀就这么冷着吧。"于是他的生活又回到了往常的轨道：每天九点起床，吃一顿文雅的早餐，然后收拾屋子。

有一天，他正在掸灰的时候，花纹蛇闯进了他的起居室。"灰蛤蟆有没有来过这里？"蛇问道。

见弗莱德摇了摇头，蛇转身就要走。弗莱德没有像往常那样随他去，而是清了清嗓子，说："喂？"

"什么事？"

"你经常在附近转悠，对吧？我是说，这附近地上地下你都去过？"

"没错。"

"那你在路上有没有留意过什么单身异性？"

"桥那边有一条乌梢蛇，可我嫌她太瘦了。再说了，结婚本身就是个致命的错误。"

"我是说母旱獭。"

"哦。"蛇盘成一团，用尾巴尖挠了挠脑袋，"单身的母旱獭我起码能想到一打。"

"有什么推荐的没？"

蛇做了个鬼脸。

"一个都没有？"

"你们旱獭的事我可说不好，你们浑身都是毛，吃的东西又这么多，还叫得那么刺耳，其他动物都说你们是叫叫猪，你知道的。"

弗莱德皱起了眉头，他从来不叫。"好吧，还是谢谢你。"

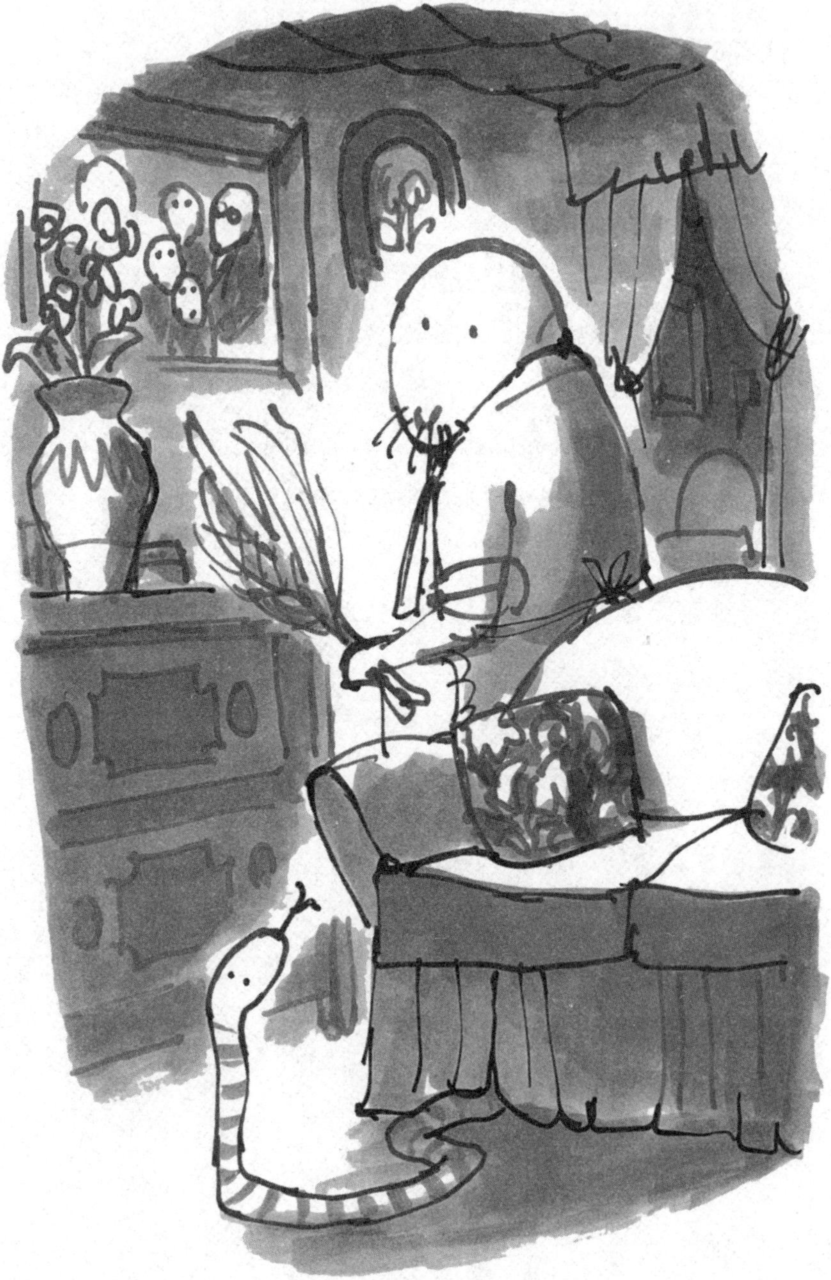

他闷闷地说道。

蛇打开身子,朝洞口爬去。不过临走前,他又回头看了一眼。

"有一只笑起来很好看。"

"喜欢吃甜菜,是吧?"弗莱德想起来那位大块头小姐。

"不是的,她从来不去温室。她几乎不怎么出门,好像是在给母亲服丧。"

"那你知道她住在哪里吗?"弗莱德问。一个为了给母亲服丧而不吃饭的旱獭,听起来挺靠谱的。

"就在大树桩那下面。"

弗莱德为了感谢蛇,让他带些点心路上吃。"要不来只蜗牛?"

不过蛇又做了个鬼脸,转身滑走了。

三
蛇的建议

大树桩在小溪的另一边。秋天水位低落的时候，弗莱德去过那边，可眼下是春天，水位涨得很高。没错，旱獭会游泳，有些旱獭还很喜欢游泳，可弗莱德不喜欢。他也不喜欢过桥，那上面有汽车货车什么的，很危险。更糟的是，那些车子还会喷出废气来，把他的皮毛弄得又脏又臭。

"没有谁值得我去全身湿透或变得脏兮兮的。"弗莱德下定了决心。

那天，弗莱德去小溪边洗食材，惊讶地看到湍急的水流上横亘着一截冷杉树。"是河狸干的。"他对自己说。可细看之下他才发现，这树干是炸裂的，而不是啃出来的。他记起了自己被困树上的那一天，一记炸雷震得他骨头都差点儿

坏脾气的玛格丽特

裂了。

"是雷劈的呀。"他咕哝着。

这没什么车经过的小桥仿佛是为了他而存在的,他走上桥的时候,心下不禁开始琢磨:那只正在服丧的旱獭,也许就是他命中注定的另一半呢。可来到大树桩前,他又迟疑了。他一眼就瞧见了,她家洞口就在两段树根之间,可他不是那种不打招呼就走进陌生人家里的旱獭。他半藏在一丛野耧斗菜的后面,等在那里瞧着。

不一会儿,一只年轻的浣熊冒了出来,在洞口叫道:

"芭贝特?"

一只母旱獭跳了出来——她生得非常美艳,皮毛光亮,有着闪亮的眸子。

"什么事呀?"她说道。

"来玩躲猫猫吧?"浣熊问。

"躲猫猫?呃,算了吧。"

"哎呀,来嘛。"

"不好意思,我现在不想玩躲猫猫,下次吧。"

母旱獭一摇一摆地走回了洞里,浣熊长叹了一口气,朝远处走去。还没等浣熊走出视线,弗莱德就看到又来了一只水貂,手里还拿着一个松果背在身后。

"芭贝特?"

母旱獭又出现了。

"你好呀!"水貂说,"都三天了!"

"有吗?"芭贝特说。

"三天零两个小时。看我找到了什么!"水貂拿出了松果,"比棍子要好吧,是不?"

"什么棍子?"

"我们一起扔到水里,又跟着它往下游走的那根棍子呀,别告诉我你都忘了。"

"哦,那根棍子。"

"来吧。"水貂把松果递给她,她上前两步走到河岸,把松果扔进溪水里。

"扔得真棒!"水貂喊道,"我们走吧!"

"你自己去吧,"芭贝特说,"上次我的毛上都沾了好多

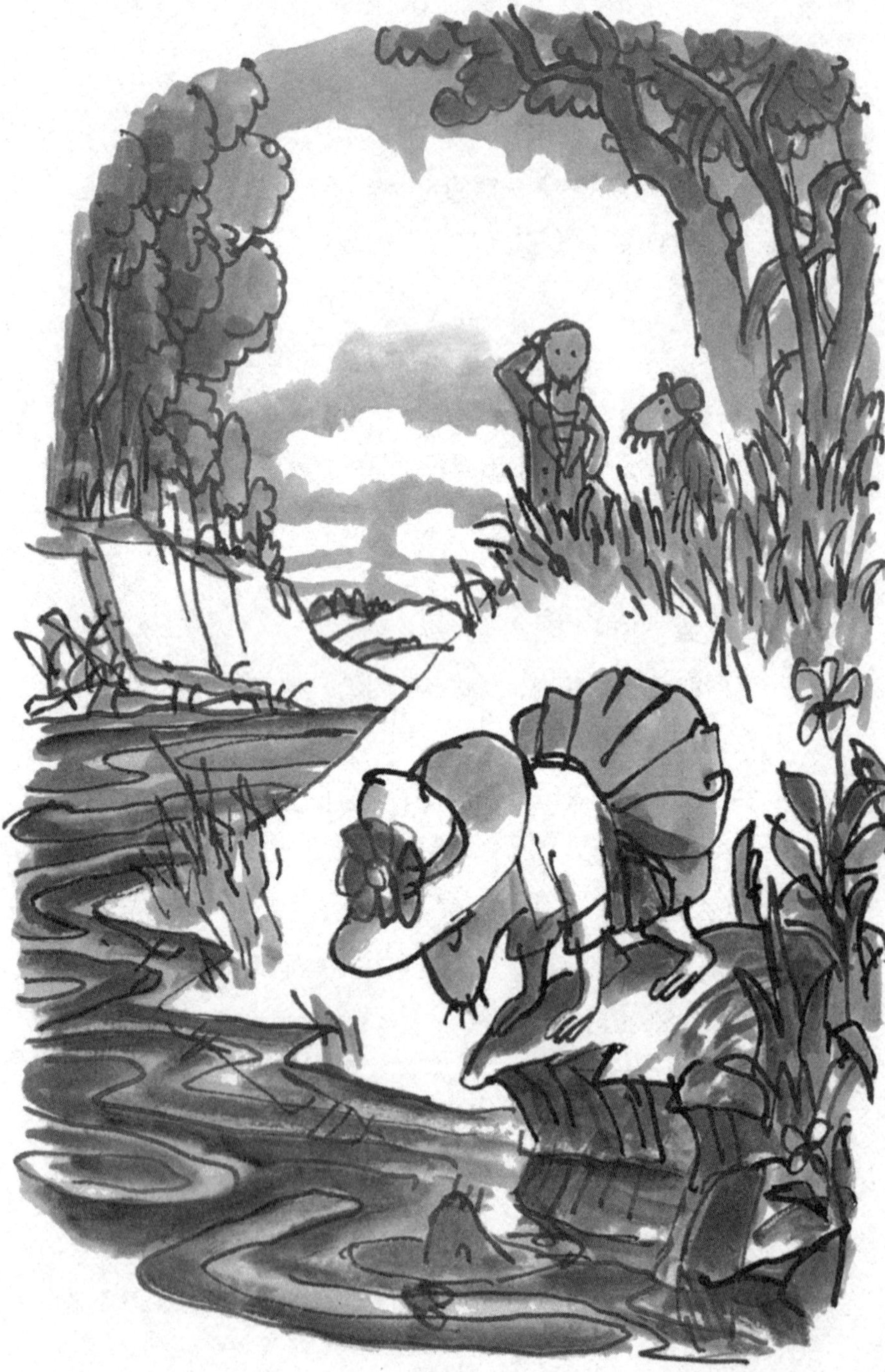

棘刺回来。"

弗莱德对于棘刺的事心有戚戚,可他还是不确定这到底是不是花纹蛇提到过的那只母旱獭,蛇说那只旱獭很少出门的。她没有去追松果,而是沿着河岸走了两步,审视着自己在水里的倒影。水貂跟在后面,一脸的垂头丧气。

"你好,水貂,打扰一下,"弗莱德从耧斗菜后面走了出来,轻轻地问道,"你跟这只旱獭熟吗?"

"你是说芭贝特?"水貂叹了口气,"我一闭上眼睛,眼前就全是她的样子,可她几乎不知道我的存在。"

这时芭贝特吹起了口哨,水貂的脸上浮现出一种入迷般的神情。"像不像天堂之音?"他喃喃道。

听到这口哨声的可不止他们两个。

"这又是谁呀?"水貂说着,冲那水里冒出的脑袋皱起了眉头。

"芭贝特,来跳个水吧?"水里的泳者问道。

"改天吧,麝鼠。"芭贝特回道,"不过谢啦!"

"老天,她人气可真旺。"弗莱德评价道。

"人人都为她着迷。"水貂说着,看上去不是很开心。

"听说她母亲最近去世了,你知不知道这事?"

"没错,是有这回事。"

说完这话,那只郁闷的水貂垂头丧气地钻进了灌木丛里。没一会儿,芭贝特又从河岸边爬了上来。

"喂,说你呢,"她瞧见了弗莱德,"看见水獭没?"

"水獭?"

"我有点想去滑泥巴,你呢?"

再找不出什么事情比滑泥巴更叫弗莱德讨厌了,不过还没等他答话,洞口就叽里咕噜滚出来三只小旱獭,有两只太小了,都还没长毛。

"妈妈,你要去哪里呀?"最大的那只扯着芭贝特的尾巴说。

"我准备去滑泥巴。"她说。

"我们能去吗?"

"麦特,今天不行。"

"你每次都这么说!"

"你看,我有个好主意:你们几个都睡一个香香甜甜又长长的午觉,怎么样?"

小娃娃们哭嚷了起来,惊呆了的弗莱德悄悄转身朝倒下的冷杉树那边走去。这只万人迷旱獭竟然还有孩子!再没有比孩子更叫弗莱德讨厌的了。小孩子又麻烦又吵人。

"喂,那个旱獭!"芭贝特在他身后喊道,"你要是看到水獭,跟他说芭贝特在找他,行不?"

弗莱德匆匆忙忙越过树桥,都没回头再瞥上一眼。他心想,他竟然会来这里找对象!半路上,他看到那条花纹蛇在太阳下的一块大扁石头上睡觉,便远远地绕开了。蛇对动静很警觉,弗莱德不想惊醒他。跟一个给了这种糟糕建议的家伙还有什么话好说呢?

四
甜美的微笑

噩梦还在骚扰着弗莱德的睡眠,甚至也侵扰到了白天。在他大啖苜蓿的时候,他正细细地嚼着,常常会有一种温柔和煦的感觉拂过他的肩头,而他四周连半个人影儿都没有。

有一天下午,在他那舒舒服服与世隔绝的起居室里,弗莱德倚在沙发上,突然好像听到了咔嚓一声,像是在打雷,于是便走到门口去瞧个究竟。外面风光正好:天空湛蓝,没有一丝风,视野之内唯一的活物就是一对站在白桦树枝头咕咕叫着的鸽子。

可那天夜里,那神秘的咔嚓声又打断了他的噩梦。那声音好响好响,他躺在那里发着抖,好半天都没能再次入眠。终于睡着的时候,他又直接飘回了梦乡,接着又一次伴随那声惊雷而惊醒。

就这样，一个星期仿佛已经过去了一个月，弗莱德彻底垮了。他的尾巴拖在身子后面，在灰蒙蒙的地板上留下毛毛虫般的印子。在过去，除了冬天他从不午睡——他总觉得午睡是一种懒散的行为——而现在他发现自己在白天就会时不时地打起瞌睡。

他还在英勇地抗争着。即使一夜都没睡好，早上他还是会起来打扫卫生。结果有一天早晨，在门口扫出灰尘结成的绒球和碎落叶时，他一下子就倒在了一个土丘堆上。

他又做起了那个梦：那个柔软温暖的脑袋靠在他的肩头，接着是那声梦魇般的咔嚓声。然而今天又多了一种新的折磨——在冰冷的水里打转。

他噗噗地吐着水，惊醒了。老天爷！他可不是浑身湿透了嘛，他就是在水里，就在那棵倒下的冷杉树下面的溪流里！

"旱獭，跳得不错呀！"

是芭贝特在说话。她就在离他更近一边的岸上，旁边还有一只水獭在给她筑一道泥巴滑梯。弗莱德扑腾到远一些的河滩上，爬了上去，猛烈地甩着浑身的水珠。

"我肯定是在梦游。"他嘟囔着。

这是唯一可能的解释了,他一定是一路梦游到了冷杉树这里,然后被那声霹雳惊到,一脚滑倒了。

"接下来还会有什么呀?"他呻吟道。

似乎是为了回应他的问题,那两只孪生小旱獭吱吱叫着翻滚到河边来了。弗莱德惊恐地退后了两步。在所有小孩中,尤以小婴儿最为吵闹和烦人。还好他不用忍耐很久。这时,一只母旱獭也来到了河边,把他们俩捞起来,拎到了旁边。

出于不由自主的好奇,弗莱德也爬上了河岸。母旱獭正坐在树桩边,给这两个小家伙擦去从河滩上沾来的泥土。

"菲比阿姨,瞧瞧我!"最大的那只在树桩上上上下下地跳着,叫道,"瞧我呀!"

"小心点儿,麦特。"她说,"从那儿跳下来可太高了。"

菲比阿姨。弗莱德心里想道,就是说这位可能是芭贝特的妹妹。她比芭贝特要小,也没有芭贝特那么漂亮,她的眼睛灰不溜秋的,皮毛是整洁的纯棕色。

"你好！"他说。

她刚才肯定一直都没注意到他，因为她听见这话吓了一跳。

"我该自我介绍一下，"他说，"我叫弗莱德。"

她勉强点了点头。

"我，呃，我见过芭贝特。"他局促地说，"她是你姐姐？"

"是的，不过她现在出去了，可以晚点儿再来。"

"噢，我不是来找她的。"

她用那种会意的眼神看了他一眼。"芭贝特不太记得住约会的事。"

"不，真的，我就是……"

"这不能怪她，她太受欢迎了，所以自己记不住那么多事。"

"可我没跟她有约——真的。"

"好吧，你爱怎么说都行。"她怀疑地说道，又清理起那两个小双胞胎来。

"菲比，听说你最近失去了母亲，"弗莱德说，"请接受我最诚挚的问候。"

她抬起头，惊讶地看着他："谢谢。"

"呃，抱歉打扰你了，瞧你正忙得很呢。"

"他们俩是不是很可爱？"菲比说着，骄傲地微笑起来。

那笑容点亮了她整个脸庞，也令弗莱德想到，也许菲比才是花纹蛇提到过的那只"笑起来很好看"的旱獭，而不是芭贝特。她的微笑给了他一种奇怪的感觉，一种他在温室里从未有过的感觉。事实上，这微笑之于他的感觉，就像芭贝特的哨音之于那只水貂。因此，他不顾自己对于儿童的糟糕看法，不顾树桩上的那个正在发出比一群乌鸦还要吵的噪音，对着菲比说道，这三个孩子看上去真是乖巧极了。

"你就一直被他们缠着……我是说，你整天都得照看他们吗？"他问。

"芭贝特星期天通常都待在家休整，我则喜欢在星期天的下午散个步。"

弗莱德清了清嗓子。"那下个星期天，我能不能跟你一块散步？你要是愿意的话，我可以带你去看看我的洞。"

看见菲比移开目光，他有点害怕自己太心急了。他实在是不知道身为旱獭该怎么约会，他只是对自己的洞太骄傲了，觉得那是一个最该去的地方。

"要么我们可以沿着小溪散步。"他说。

"听起来——"

"嗳！"

麦特从树桩上滚落了下来，菲比马上冲到他旁边。

"我的腿！"小家伙叫嚷着。

"亲爱的，没什么大不了的，"她说，"靠在我身上。"

她牵着小旱獭朝洞口走去，又招呼着前面两个小的。就在马上要走进洞口的时候，她转过头来，又给了弗莱德一个光芒四射的微笑。

五
三月五日

在耧斗菜那里等菲比的时候，弗莱德得出了一个结论：他欠花纹蛇一个发自内心的感谢。菲比似乎和她的姐姐截然不同，她也许没有美得那么动人心魄，却整洁可爱——此外，她还甜美谦和，也很体贴。

这是一个炎热的春日，耧斗菜也遮挡不了多少日头。弗莱德等了有一个小时，开始有点热得受不了了。她怎么到现在还不来？"我是问了她我可不可以下个星期天跟她一道散步，"他说，"可她有没有答应我呢？"

他浑身越发痒痒起来，都快打算一头扎进水里去了。这时，一只豪猪摇摇晃晃地走了过来。"哟，在守着芭贝特，是吧？"豪猪嗤笑道。

"什么呀?"弗莱德说,"才不是呢。"

"蜜蜂飞起来也不嗡嗡嗡,没问题的,旱獭,我们俩一块儿等着呗。"

说完,这头无礼的小兽也挤进耧斗菜的树荫下,身上的一根刺都戳到了弗莱德的耳朵。弗莱德厌恶地让开了两步,朝那冷杉树干走去。

"看见芭贝特了吗?"

这回是那只水獭,站在他的泥巴滑梯下面叫喊。

"我以为她跟你在一块儿。"弗莱德说。

"我正在给她表演水下憋气——等我出来时,她就不见了!"

"也许她是觉得你要淹死了,去找人来救你了。"

"她大概就是觉得无聊了,去找别人了吧。女人哪!"

那光溜溜的动物滑进了水里。弗莱德继续走着,回想起水獭的感慨,自己也在心里念叨着"女人哪"。既然别人都开口邀请了,难道出于礼貌,女性们不应该给出一个明确的回答,免得他在这里热死和被豪猪的刺戳死吗?

可一回到凉爽舒适的洞里,吃着晚饭,弗莱德又彻底原谅了菲比。有那么一群小家伙要对付,你怎么能奢求她记得你在等着她呀?

第二天,出去找食物的时候,天上铅云密布,每次他抬头望一眼天空,心里就会想起菲比那浅浅的灰色眼睛。到了晚上,他坐在萤火虫旁自己心爱的扶手椅上,然而这一回它们却没有像往常一样,给他带来舒适的满足感,反而让他愈加思念起菲比那微笑的光芒来。那天晚上,菲比跑到他的梦里来,把脑袋靠在他的肩膀上,那可怖的崩裂声也随之不见了。

不知道还能不能和她约上会,反正弗莱德又掰起手指开始数到下一个星期天有多久了。也不知道即使约会成功她愿不愿意来家里看看,反正弗莱德整个周五和周六都在进行春季大扫除。星期天早上,他一路跑到猪场那边去了,从农舍门口的篱笆上摘了一点儿紫丁香回来,摆在了起居室里;然后又去小溪边捡了一些鸭毛,又顺手折了一枝勿忘我回来。他用鸭毛掸了掸整个屋子的灰尘,又把门口小丘上落下来的鸟粪清理干净。最后,他把自己也梳洗收拾了一番。

走过冷杉树桥,他一眼就看到菲比独自坐在大树桩旁。

"我还在想你是不是忘记了呢。"她说。

他的心砰砰跳了起来,她是在等他!

"既然你是在服丧,"他说着把勿忘我递给她,"以前有只负鼠跟我说,勿忘我是用来表示纪念的。"

"好美的蓝色。谢谢你,弗莱德。"

"今天天气不错呀,是吧?"

"嗯。"

"我猜你姐姐是和那些小东——小可爱们在家里?"

"不是的,她坐不住,带他们出去玩了。"

"去哪儿了?"

"上游那边。"

"那我们还是往下游走吧?"

"你愿意也行,不过河岸边有好多泥巴。"

"是呀。"弗莱德说,同时开始钦佩她绝佳的判断力。

"那你愿意去看看我那一小块心爱的地盘吗?"

"当然啦。"

他们走过冷杉树,走过一片满是车辙辘印的草地,朝一座小山爬去。爬到一半时,菲比在一眼咕噜咕噜冒着泡的泉水旁边停下了。弗莱德正担心她会说出下去游个泳之类的话来,只见她把那枝勿忘我放在了水边的一块石头上。"我妈妈就埋在这里,"她说,"她喜欢靠近水,小溪涨涨落落的,泉水就一直不变。"

"这里景色真不错,可以说是一览无余。看见那边那棵白桦树了吗？那里就是我家。"

"我喜欢白桦树。"

"那你愿意……去看看吗？"

"哦，我看过白桦树的。"

"我是说，我的家。"

"哦。"菲比低头看看坟头的勿忘我。她爱自己的姐姐，也喜爱芭贝特的孩子，可即便如此，此刻她还是那么地思念自己的母亲。母亲总是那么稳重明智，乐意分享自己对于事物的看法——这点和眼前这位弗莱德先生有点像。想到这里，她抬头看着他。

"我只能待一小会儿。"

弗莱德开心地领着她下了山，穿过草地。离家越近，他却越发紧张起来，这是他第一次邀请别人来家里。

"真美！"他们刚一进门，菲比就说道。

"你真这么觉得？"

"是呀，这里美得像画一样。"

"这个沙发是我做的，椅子是祖传的。"

"搭配在一起好极了。还有这个灯，真是妙极了。"

"它们喜欢住在这里。"他说着，朝那一罐子萤火虫微笑起来，"它们时不时地也会出去找点吃的，不过从来也不会全部一起离开，而且走了也还会再回来的。"

"这里什么都整整齐齐的，我们家有那些孩子，你都想象不出来是什么样子。"

"我能想象。"

"我也想收拾，可总是一败涂地。"

他又带她看了厨房。

"弗莱德，你这个碗真漂亮。"

"谢谢，这是我自己凿的，软松木的。"

"呀，还有好多苜蓿。"

"嗯，我就是特别喜欢吃这个。"

"彼此彼此。我老说，兔子吃草就够了。"

"兔子？"弗莱德说着，转了转眼珠。

"兔子都蠢透了，对不？"

"简直没脑子嘛。"

他们又回到了起居室，菲比坐在椅子上嗅着紫丁香的味道。"我最喜欢这个香味了。"她喃喃地说。

"我也是！"

"你有没有那种感觉，冬眠刚醒过来的时候，浑身都没力气，就想再次睡过去？"

"哎呀，没错。"

"嗯，每当那个时候，我就会想想盛开的紫丁香，这样就能起床了。"

"今年你什么时候醒的?"

"直接睡过了土拨鼠日[1]。我一直睡到三月五号。"

弗莱德惊呆了,张大了嘴巴看着她。

"早上还是晚上?"他问。

"中午。"

"简直不可思议!我也是那个时候醒的!三月五号中午!"

"老天,真是太巧了。"

真是太巧了。弗莱德震惊极了,以致于他迫不及待地当场就想要问她,会不会考虑搬来这样一个洞里住。说真的,大部分旱獭在此刻都会开口了吧。按惯例,大部分旱獭只需要相处一个钟头都不到的时间就可以求婚了。

可弗莱德不是大部分的旱獭。

"想来点蜗牛吗?"他问道。

---

[1] 北美的土拨鼠日,在每年的2月2日。——译者注

六
彩虹

后来，弗莱德把菲比送回了家。回到家时这亲爱的小屋顿时显得空荡荡的，他都有心回到大树桩那里。不过他知道她肯定在忙着喂小宝宝，他们到那儿的时候小家伙们正叽叽喳喳地闹着。她说这一周她都会很忙——直到周日，他们下一次约会的时候才有空了。

以往，弗莱德的生活总是一个人自得其乐，然而这一周，日子忽然变得孤独起来。他看着苜蓿，却吃不下，只是在想着自己和菲比都一样喜欢苜蓿，不喜欢青草。到了户外，他也不去找食物了，就盯着兔子看，想着他和菲比对兔子的不屑是那么一致。或者他就站在紫丁香花丛的下风口，吸着他们共同喜爱的这股香气。到了晚上，他也睡不着了，就躺在

那里,感叹着他和菲比竟然在同一天的同一个时间从冬眠中醒过来。而快到周末时,一阵暴风雨把一截摧折的白桦树枝带进了他的起居室,他捡起来却没有扔掉,而是挂在了卧室的墙上,作为对于菲比热爱白桦树的礼赞。

星期六的时候,暴风带来了大雨。虽然自己的洞穴足以抵御雨水,弗莱德还是忧心忡忡,害怕雨会一直下,毁了他俩的约会。第二天早晨一睁开眼睛,他连床都没整理就冲到门口去了。谢天谢地!乌云一夜之间全都消散了,太阳又回来了,他从未觉得这世界如此清新明朗。

他比上次提前了一个小时就过了河,这一次他带了一束紫罗兰。看到菲比也早早地坐在洞口外面等着,他心中的喜悦已经无法用语言形容了。

"真好看。"她接过花儿说道。

"还没有你一半好看。"他刚说完,就为自己的话而感到惊奇。

菲比也吃了一惊。她已经习惯了听人仰慕芭贝特的美貌,而不是自己的。而弗莱德又是这样彬彬有礼、相貌堂堂、品行端正的一只旱獭。"谢谢你这么说。"她说,"对了……你是不是瘦了?"

"我这个星期都没怎么吃东西。"

"但愿你不是病了吧?"

"不是的,我只是……菲比,我只是很想你。"

"你想我了?"

"非常想。"

她凝视着那紫罗兰。这个星期有一大半的时间那对双胞胎都在伤风感冒,她忙着照顾他们,焦头烂额,只有对今天的期盼能给她带来一丝愉悦。"弗莱德,我也想你。"她说。

就这样,弗莱德的胃口忽然全都回来了。把紫罗兰放到菲比母亲的坟墓之后,他们俩又去了他家,弗莱德准备了一顿星期日的晚餐。

"我想你的胃口好多了。"弗莱德收拾完桌子菲比说道。

弗莱德刚吃掉了六只蜗牛和两把苜蓿。"我简直跟头猪一样了。"他有点不好意思地说道。

"叫叫猪么?"她说着微笑起来,"你恨不恨他们这么叫我们?"

"简直不能忍。还有管我们叫土拨鼠的。"

"就是,说得好像我们成天就爱挖土。"

"你也和我一样不喜欢挖土吗?"

"简直受不了,挖一次得有好几天都洗不干净手。"

"那你是不是也恨死了那个愚蠢的绕口令,就是那个'旱獭淌汗,汗淌在塔上'。"

"哟,是呀,讨厌死了。除了能教小孩说话,没有别的好处了。"她微笑道,"很快我就要教双胞胎说这个了。"

"他们还不会说话?"

"我的老天——他们还这么小,你看不出来吗?"

"我对小孩子不是很了解。"

"你喜欢小孩子,对吧?"

"说实话,不喜欢。"

"我看你只是还不了解小孩。"

"我情愿就这么不了解下去。"

菲比被弗莱德没好气的样子逗得笑了起来。她也听说过好些单身汉总是一副好像不喜欢小孩子的样子——直到他们自己结了婚,有了自己的孩子。

"说起来,"他接着说道,"你有没有想过,让你姐姐在他们的成长过程中多多陪伴,这样会对孩子更好一点?毕竟她才是他们的母亲。"

"嗯,你说得对。可是眼下大概还不行,芭贝特太喜欢出去玩了。"

"要是你不在了,她就没办法了。"

"没错。不过据我所知,我现在还健康得很。"

"我不是说你要死掉!我的意思是——要是你不住在那里了。"

"可那里是我的家呀。"

弗莱德深深地吸了一口气——请求她的到来便意味着要牺牲他那天赐的独居生活了。不过菲比看上去是那么整洁、那么温柔、那么欣赏他的洞穴,她肯定不会对他和平宁静的生活造成太大的困扰。自从跟她认识以来,他还想不出来有什么时刻是他们两个不合拍的——除了她说起那些小孩子的时候有点腻腻歪歪。不过这也不算是什么大障碍,他的洞穴距离菲比家有相当一段距离——中间还隔着一道小溪。此外,要是她对那些不是自己亲生的、脏兮兮的、吵吵嚷嚷的小崽子都能那么有耐心,可以想象她对自己的丈夫一定也是温柔极了。

"对了,菲比,"他说,"我在想你能不能搬过来住在这里。"

"这里?"

他们俩正坐在他家祖传的椅子上,弗莱德从自己的椅子上起身,跪在她的面前。"我能荣幸地问一句,你愿意考虑做我的妻子吗?"

菲比也没有太感意外,事情似乎一直就在朝着这个方向发展。虽然她不放心那些小孩子,也很担心芭贝特一个人要怎么抚养他们长大,可她也知道是时候拥有自己的家庭和生活了。她和弗莱德是那么合拍,而这个传统的求婚方式又深深地打动了她。一只这么干净讲究的旱獭,就这样跪在地板上,再没有比这更让人心醉的了。

"是的,我愿意。"她说着,看着他的眼睛,"事实上,我觉得这是我的荣幸。"

听到这话,弗莱德觉得一切就像是早晨的世界一样崭新而芬芳。他站起身来,掸了掸灰尘。菲比也站了起来,带着明亮的笑靥,张开了双臂。可是拥抱难免会弄乱毛发,弗莱德选择坐在沙发上,并拍了拍身旁的位置。

菲比起初有点儿没闹明白,接着也坐了下来。

"菲比,你可把我变成一只快活得不得了的旱獭了。"

说着,弗莱德伸出胳膊揽住她,就像他那天在树上看到的那个又肥又丑的男人揽住自己又肥又丑的妻子那样。菲比立刻把脑袋靠在了他的肩膀上,就像那个肥女人把脑袋靠在自己丈夫的肩膀上一样。

弗莱德闭上了眼睛,一道彩虹浮现在他眼前。

七
小九

那一对丑八怪夫妇,哈勃先生和太太,则住在离弗莱德的洞穴一英里外的一个小镇上。他们有九个孩子,前五个都很听话,后四个都是捣蛋鬼——尤其是最小的那个。每当哈勃太太从邮局下班回来,看到墙上飞溅的果酱印子,和在电视机前打着瞌睡的丈夫,她就会叹口气,心中想道,要是生到第五个就不再生了就好了。

从前的日子要好过多了。那时候,哈勃先生是个木匠,哈勃太太待在家里。可是他们俩败在了贪吃上。早饭,他们要吃薄饼蘸糖浆,外加培根。午饭,要吃抹了美乃滋的火腿三明治、玉米薯片和巧克力冰沙。到了晚上,要吃肉汁炖土豆。甜点还要吃纸杯蛋糕或者圣代。过会儿,到了看电视的

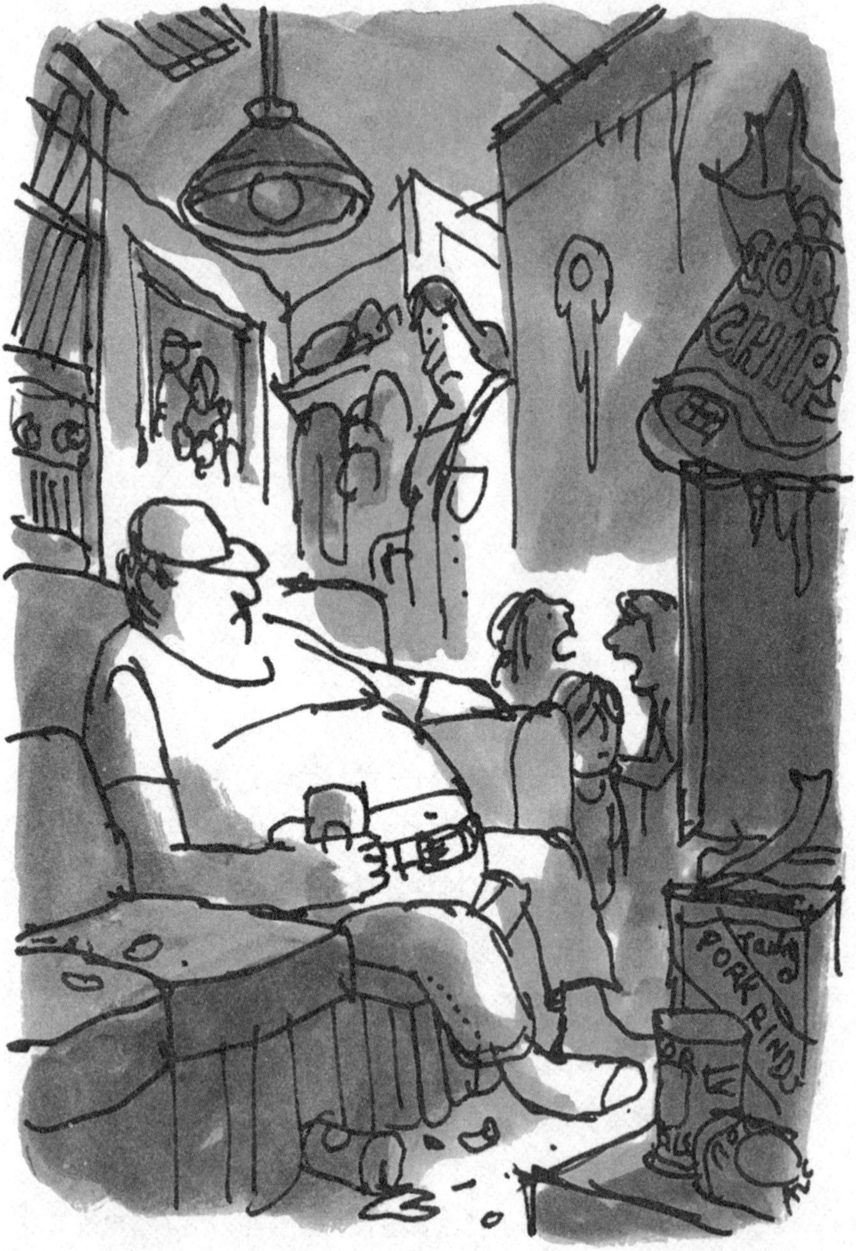

Tasty
PORK RINDS

时候，他们还要吃涂了好多黄油的爆米花。终于有一天他们倒霉了——全公司最能吃的哈勃先生再也没法爬上梯子，他一踩上去横档就断了，于是他被炒了鱿鱼。

他们卖掉了车，哈勃太太干起了分拣邮件的工作，哈勃先生待在家里成天喝啤酒，顶多就是起来去超市或者去亲戚的养猪场，因为在那里可以买到打折的火腿。那时他们已经有八个孩子了，虽然孩子们都有名字，但哈勃先生喝多了啤酒总是晕晕乎乎的，只好将孩子们按年龄标号来记住他们。他管那最小的两个男孩子叫小六和小八，最小的女孩子叫小七。小六、小七和小八都很没规矩，他们从来也不说"请"，也从来不会把面包和黄油递给别人。

过去哈勃太太只能用结实来形容，毕竟带孩子是个体力活儿。可如今她在邮局整天就只是坐在那儿，虽然腰围还比不上哈勃先生，但也着实胖了不少。有一天她站上一台用来称大包裹的秤，发现自己胖了十五磅，震惊极了。她戒掉了培根和纸杯蛋糕，结果过了几个星期她发现自己又重了五磅。她的心往下一沉，那么只有一个解释：她一定是又怀孕了。

这第九个孩子是一个小女孩，取名叫萨莉。哈勃先生就叫她小九。到了两岁的时候，在吃饭不守规矩这件事上小

九已经完胜小六、小七和小八了。她会从宝宝餐椅上探出身子来,把哥哥姐姐盘子里的东西抢走。要是他们敢拿回来,她就放声大叫——她叫声尖利,使得大家不得不捂住耳朵。一看到人家捂住耳朵,她就会趁机再多抢点儿。她吃得太多了,走路总是跌跌撞撞,于是她更喜欢爬。至于开口说话,她能说几个字了,但是很少说,毕竟放声大叫更管用。

小九把哥哥姐姐搞得惨透了。有一天,和她睡在一个房间的小六、小七和小八在后院的树屋里开了一个秘密会议。

"我们得想个办法来对付这个小怪物。"小六说。

最后大家终于想出了一个主意。

六月初的一个晚上,当妈妈拖着疲惫的身子上了床,喝醉了酒的爸爸在电视机前打起了盹儿,小六溜进厨房拿了一根香蕉，剥掉皮，回到楼上跟小七、小八会合。他们三个轻手轻脚地走到小九的婴儿床跟前，把一整根香蕉塞进她的嘴里，扛起她跑出了屋子。

他们向镇子外跑，一直到跑过最后一栋房子，小九才设法咽下了最后一口香蕉，"哇"地一声喊了出来。他们跑过了一条乡间小路，跑过了在月光下闪着光的温室。在快到养猪场的时候，他们穿过一片草场，又走过一片树林，最后把"货物"扔进了一条沟里。小六、小七和小八便偷偷溜回了家。

可怜的小九傻了眼，她这还是第一次被人扔在漆黑的沟里。哥哥姐姐怎么能这样对她？她扯着嗓子大叫，但这一次，大喊大叫也没有任何作用了。

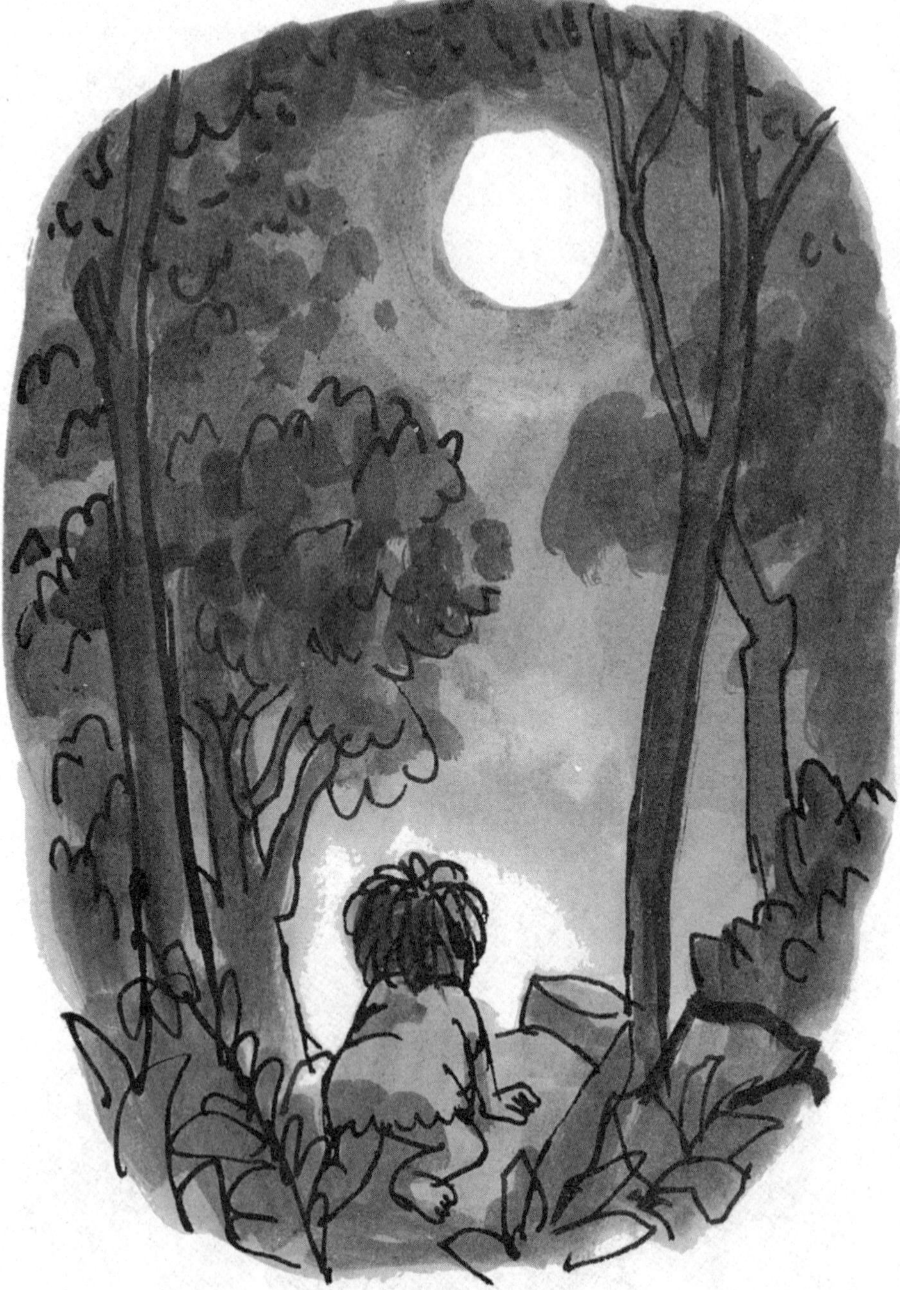

过了一会儿,她手脚并用地爬出了沟,穿着睡衣在地上爬了起来,胖乎乎的小膝盖每硌到什么小石子、小松针,她就要尖叫。终于,她抬起头看到了自己卧室窗外的那盏路灯,卧室里就是她的婴儿床了,床上是舒舒服服的软垫子,还有她的泰迪熊。最妙的就是,枕头下面还藏着她抢来的两块花生酱小饼干。于是,她加速爬行,仿佛都吃到了它们。可是那路灯——其实是月亮——却总也没法靠近,她对这新鲜的空气和这样的运动并不适应,最后倒在一棵树下,很快便昏睡了过去。

八
霉运

小九倒下的地方正是弗莱德家旁边的白桦树——或者说，是弗莱德和菲比的家，因为他们俩在一起已经有好几个星期了。用旱獭的标准来看，他们已经是老夫老妻了。现在这两只旱獭每天早晨都是九点起床。弗莱德喜欢分床睡——睡在一起把毛都弄乱了——不过他和菲比会同时醒过来，揉揉睡眼，互相看看对方，接着便微笑起来。吃完了一顿文明美好的早餐后，他们会收拾屋子。下午的大部分时间都用来外出找食物，然后他们会一起准备晚餐。到了晚上，他们在萤火虫光亮的映照下回味这一天的滋味，直至打起了哈欠，才爬上床睡觉。

一天早上，一声可怕的哭号提早两个小时把他们给惊

醒了。

"好吵啊！"菲比叫道，坐起身来，"会不会是我们上个星期看到的那头棕熊？"

"听起来更像是驼鹿。"弗莱德说，"现在正是驼鹿发情的季节吧。"

他们走到洞口，站在那里眨巴着眼睛，直到适应了初升太阳的光线。那呜咽声还在继续，四下里却并没有看到什么驼鹿。

"总觉得他们那么大也躲不到哪里去呀，"菲比说，"尤其是还有那么蠢笨的鹿角。"

"回去睡觉吧。"

可是那噪声太刺耳了,哪里还能睡得着。菲比朝白桦树走去——声音似乎是从那边传过来的——弗莱德也跟了上去。虽然他不想让自己的毛上沾到早晨的露水,却更不放心让菲比一个人去面对一只驼鹿。

结果那不是驼鹿,而是一个胖乎乎的人类婴儿。弗莱德立刻对这震耳欲聋的物体退避三舍。不是因为害怕,而是出于厌恶。这个小东西身上的睡衣脏兮兮的全是毛刺,脸上、手上和脚上也全都是泥巴。

"宝宝,你没事吧?"菲比说着,径直朝她走了过去,"你爸爸妈妈在哪里呀?"

小九只是喊得更大声了。这个讨厌的、脸上长了好多毛的动物盯着她要干吗?

"菲比,我们该回去了。"弗莱德盖过那喊声对她叫道。

"可是弗莱德,我们不能把这可怜的小家伙丢在这里呀。"

"怎么不能?"

"她还是个小婴儿。"

"她都这么大了还是个婴儿啊?"

"可她迷路了。"

"既然她能自己找到这里来,那她肯定也能找回去。"

菲比把他拉到一边。"不许在她面前这么说话。"她低声说道。

"干吗呀?她又听不懂。"

"你怎么知道?"

"就算听得懂,照她这么个嚎法,也听不见我们在说什

么。再说了,我们能怎么帮她?"

"带她回家。"

"我们又不知道她家在哪里。"

"我是说回我们家。"

"回我们家?菲比,你不是在开玩笑吧?"

"她这么可怜。"

"听起来可一点儿都不可怜。再说了,我们要是把她弄走了,她父母会找不到她的。"

说完这么有说服力的一句话,弗莱德得意地大步走回了洞穴。现在吃早饭是有点儿早了,不过既然这哭叫声弄得人没法再睡觉了,他索性在桌子上分放起首蓿来。可是菲比没来和他一道吃。如今他已习惯了顿顿都和她一起吃饭,习惯了和她聊聊新鲜的食物和一天的安排,他自己一个人已经吃不下饭了。

他又走到洞口外面,结果他惊恐地看见,菲比正在把那个哭喊着的小孩往这边推。

"别管她,宝贝儿!快回来吃早饭!"

可是菲比也不知道是没听见还是不想理他。

"真是倒了八辈子霉了。"弗莱德说着,几个星期以来这还是他第一次自言自语。

自打结婚以来,他和菲比只吵过一次架,就是一次菲比去看完她姐姐和孩子们回来之后,菲比提出了一个惊人的设想,觉得他们也该有自己的孩子了。他明确表示了反对——

MEAN MARGARET

孩子会把生活弄得一团糟——而她的回答则毫无逻辑，说什么那种乱糟糟并没有那么可怕之类的。当然了，她也没法反驳他的观点，她现在还很年轻，再加上他们俩的"二獭世界"连一个季度都还没过到。可眼下倒好了，天上掉下一个倒霉的人类孩子，已经到他家的门槛上了！

菲比一个人把那小家伙推到了家门口。

"你到底在干什么呢？"他问道，一边也惊讶于她的力气。

"要是那只熊再来的话，"菲比说，"他会把这可怜的小家伙撕得粉碎的。"

"喂，她可不能来我们家。"

菲比深深地看了弗莱德一眼。她很爱弗莱德，可是她也渴望拥抱和温存——弗莱德从来没有给过她这些。

"那我就把她带到芭贝特家去。"

弗莱德在一旁看着菲比把这小家伙朝小溪那边推去,说不出一个字来。每次她去大树桩那边他都不高兴,有时候她会在那里逗留好几个小时,他就想她想得不得了。

"你什么时候回来?"

"说不准。"菲比回过头说了一句。

"你要怎么把那家伙推到桥那头去嘛!"

可是这一回,她又是那样,不知道是没听见还是不愿意搭理他了。她的力气真是出奇的大,不出五分钟她推着那个嗷嗷叫的家伙已经快消失在弗莱德的视野外了。

九
房客

虽然这个小孩满身都是泥土，还在嗷嗷叫着，菲比却有一种十分满足的感觉。即便如此，对于去芭贝特家她还是有点担心。自从她搬出去以后，大树桩下的洞穴就越发乱了起来，这下更是要添乱了。可还没过河，她前进的路上就遇到了阻碍。

菲比探出脑袋，想看看那孩子四周有什么石头还是树挡住了路——结果她看到挡住他们的是弗莱德。

"带这东西回家吧。"透过那嚎叫声，弗莱德说道。

要不是菲比了解他不喜欢弄乱毛发，一定会甩开双臂去拥抱他。于是，她绽开了一个最温暖的笑容，说道："亲爱的，谢谢你。"

不一会儿,这两只旱獭肩并肩地把这孩子推到了洞口。他们把她塞进了洞口——菲比在里头拉着,弗莱德在外面推着——一直推到起居室里。

"这里就是我们的家了。"菲比轻快地说道。

小九环顾四周,哭得更大声了。这下好了,这两个毛茸茸的动物把她拖到了地下的一个洞里!不过,放声大哭消耗了她好多精力,不一会儿,她就倒在地上昏睡了过去。

两只旱獭轻轻走进了厨房,免得说话声打扰了她。他们两个同时开了口。

"得给她弄点吃的。"菲比说。

"得把她洗洗干净。"弗莱德说。

既然刚才弗莱德让了步,这回菲比也让步了,于是弗莱德出去找苔藓的时候,菲比则拿碗去打了点儿溪水回来。回到洞里,他们俩轻轻地把小孩身上脏兮兮的睡衣脱了下来,又用打湿的苔藓仔细地给她擦了身子,以免把她弄醒了。然后弗莱德出去找食物,菲比去河里洗睡衣。他带回来两把新鲜的苜蓿、一些看起来挺好吃的蔬菜和各种各样的昆虫,还有三只肥嫩多汁的蜗牛。

下午迟些时候,那孩子醒了,惊恐而嫌恶地看了看这屋子。自己为什么会光着身子躺在这个洞里?婴儿床和花生酱饼干去哪里了?两个有着毛茸茸面孔、滴溜溜转的眼珠的怪物正瞧着她——就是他们把她拖到这地底下来的。

"别担心,和我们在一起很安全。"菲比说,"你有名字吗?"

小九又号啕大哭起来。

"看来她是太小了,还什么都不知道呢。"菲比说。

"或者是太蠢了。"

"别这么说!"菲比说,"我们叫她什么好呢?"

"干吗要叫她什么?"弗莱德说,他满以为这位客人不会待很久。

"每个人都要有名字的呀。你觉得玛格丽特这个名字怎么样?"

"为什么要叫玛格丽特?"

"这是我母亲的名字。"菲比说,她一直都想给自己的第一个孩子取这个名字。

弗莱德耸耸肩膀。

"玛格丽特,我们给你弄了一点上好的苜蓿。"菲比说着拿了一捆出来。

可那小孩把苜蓿踢走了,哭得更大声了。菲比又递给她一把蔬菜,那孩子依旧不感兴趣。肉汁土豆泥在哪里?热乎乎的奶油软糖圣代在哪里?她还没弄明白这些问题,那两个

坏脾气的玛格丽特

可怕的怪物又拿了昆虫和蜗牛出来!

"也许她还不饿,就是渴了。"菲比说,"亲爱的,去弄点儿水来给她吧。"

弗莱德乐得逃离玛格丽特的尖叫和她在起居室所制造的一团混乱:地上到处都是蔬菜、苜蓿和蜗牛的碎屑。

过了十分钟,他从小溪边打来了一碗水。那孩子只喝了一口,就把水全喷到了他的脸上。

"哎哟!"

"哦,亲爱的。"菲比说着赶紧给弗莱德擦了起来。

"显然她并不需要我们的帮助,"弗莱德冷冷地说,"看来她越早离开这里越——"

"嘘!"菲比说,"她能听得懂。"

实际上玛格丽特开始有点明白旱獭的语言了。身为小孩

子，有一样好处就是脑子还没给搅糊涂，很容易就能接受新事物。

"我饿了！"玛格丽特叫道，试着用动物的语言来说话。

"我觉得她就是想要吃东西了，"菲比说，"只不过我们得弄明白她想吃什么。"

这时太阳已经快要落山了，弗莱德和菲比在暮色里一路小跑，搜集着能找到的各种植物和野草。可是当他们把这些美味佳肴带到那位房客的面前时，她不是给扔在地上就是吐到他们的脸上。通常每天在这个时候，她已经坐在自己的宝宝餐椅上，满嘴塞着烤肉、涂了黄油的面包，手里还抓着从哥哥姐姐的盘子里抢来的各种宝贝了。而眼下她却到了这里，和一对满脸长毛的怪物一起困在这个洞里，这两个家伙还不停地拿一些根本不是食物的东西来，硬要喂给她吃。

最后还有，他们两个似乎还指望她能在一张还没有自己的婴儿床一半大小的床上睡觉。小一点的那只动物睡在了另一张床上，大一点的那只去了外面的起居室，关掉了灯。小九不再号啕大哭了，安静地躺在黑暗里，等着绑架者们进入梦乡。打了一天的盹儿了，她现在可一点儿都不困。

过了好一会儿，她摸索着爬出了卧室。她看到了一只装着奇怪的发光虫子的罐子，罐子上搭着一片叶子，不过罐子里露出些许诡异的绿光。她爬过了沙发，那只大点的动物就躺在那里，她看到了一双正在闪光的睁着的眼睛。令人惊奇的是，他并没有试图阻止她逃跑。

被他们偷走的睡衣挂在微风飘飘的门廊里。衣服还没干透，不过她还是费劲地穿上了。屋外漆黑的夜色里一棵发白的大树格外显眼，她朝外面的大树爬去，对花生酱饼干的渴望正激励着她爬出去。没爬几步，她就听到了一声嘶吼，转过身来便看到了自己的泰迪熊——只不过变大了二十倍，还有那刀锋般的利齿在月光下闪着瘆人的光亮。

羊奶与蜂蜜

一声尖叫之后，菲比跌跌撞撞地冲出了卧室，揉着眼睛问道："怎么了呀？"

弗莱德从沙发上坐了起来，心里一沉。刚才看到那孩子从身边爬过的时候，他原指望那就是最后一次看到她了。

"我不清楚呀。"他撒了个谎。

"玛格丽特去哪儿了？"

"嗯？她不在床上？"

"不在，她——"

又是一声尖叫——这回菲比直接冲了出去。

很快，弗莱德就看到她又推着那孩子进了起居室。"可怜的玛格丽特，她都吓坏了，"菲比说，"那只熊就在外面找食物呢。"

弗莱德忍不住想道,要是她能被熊完好地塞进肚子里,那她的尖叫没准还能小点儿声呢。当然了,他就是这么想想而已,并没说出来。虽然夜里没怎么睡觉,一大早他还是和菲比一道出去找吃的了。这回他们决定试一试花。快到夏天,不少花开了:有毛茛、雏菊、蒲公英,还有红菽草。等他们回到家,玛格丽特一把抓过这漂亮的花束,贪婪地塞进了嘴里。

"哎哟!"她大叫着吐了出来。

菲比倒是不那么介意被喷了一身的蒲公英汁,弗莱德可受不了了。他连忙朝小溪跑去,半路上被一根棍子绊倒了。

"怎么也不看着点儿路!"

"对不起。"弗莱德说着,意识到那不是棍子,是那条花

纹蛇。

"旱獭,瞧你呀,一点儿都不酷了,"花纹蛇说道,"简直是疲惫不堪,看看你的毛……"

"我知道呀,我知道。"

"老婆发威了吧,我猜?我不是都跟你说了嘛,结婚这事蠢透了。"

"不关菲比的事,是她带回来的那个小孩。"

"旱獭孤儿?"

"是人类。花纹蛇我告诉你,那简直就是个噩梦。那小怪物什么都不吃,就知道吼。"

花纹蛇盘起身子,用尾巴尖儿挠了挠脑袋。"哦,人类。想听听我的建议吗?"

"当然要。"

"撵到门外去。"

"我举双手赞成,可是菲比……"

"明白了。"花纹蛇说着,同情地看了他一眼,"嗯,我知道有人或许能帮到你。"

"谁?"

"有一只松鼠——实际上他是我的室友之一——他能带你找到坚果。还有一只野山羊,总在草场那里吃草。要是碰上她心情不错,她或许会给你一点儿羊奶。还有附近的这只熊。"

"你还跟熊说话?"

"当然不是了,"蛇不耐烦地说,"我是说你要是跟着他,说不定能找到蜂蜜。你或许还能找一只飞来飞去的小鸟打听一下,哪里能找到熟透了的莓果。"

这回轮到弗莱德抓脑袋了。坚果、羊奶、蜂蜜和莓果,他从来没有往这些不能吃的东西上想过。然而蛇将弗莱德转向了他与菲比的家的方向。

"谢谢你。"

"最后再给你一条建议。"

"请说。"

"好好睡个觉,把自己收拾干净。"说完,蛇就溜进了草丛里。

弗莱德的确在河边好好地擦洗了一番。他急着想要睡觉,便赶回洞里。玛格丽特还在嚎叫,菲比正试着安慰她。弗莱德都顾不上安慰自己,一把将菲比拉进了厨房。

"不能再这么下去了。"他说。

"我知道,可怜的小家伙都快饿死了。"

他要说的可不是这个意思,既然菲比很明显还没打算放弃这个可怕的生物,于是他把花纹蛇的建议告诉了她。

"坚果和莓果?"她怀疑地说,"羊奶和蜂蜜?"

"我知道,这听上去太不可思议了,但我们好歹试试吧,只要能让她闭上嘴。"

"所有的小孩子都会哭的。"

"要么你去找找山羊吧,或者小鸟,我去找松鼠和熊。"

"亲爱的，当心点儿那只熊。"菲比说着，捏了捏他的手掌。

弗莱德发现那条花纹蛇正躺在草场边的大扁石头上晒太阳。"蛇儿，不好意思，我又要打扰你一下。之前你提到的那只松鼠在哪里呀？"

花纹蛇嘶嘶了两声，声音格外地大。不一会儿便匆匆忙忙跑来了一只松鼠。

"你叫我？"松鼠说。

"松鼠，这是旱獭。"花纹蛇说，"旱獭，这是松鼠。"

"认识你很高兴。"松鼠说。

"我也是。"弗莱德说着，摆出一副友好的样子。

"他想要点坚果。"花纹蛇解释道。

"是吗？"松鼠说，"我还不知道旱獭也吃坚果呢。"

"不是我吃。"弗莱德说，"这事说来话长。"

"好呀，我最喜欢听故事了。"松鼠说。

"他没想要讲故事，"蛇打断了话头，"他想要的是坚果。"

"哦，对不起。"松鼠说，"旱獭，你跟我来。"

松鼠把弗莱德带进了一片树林，大方地把自己藏板栗、橡果和榛子的地方指给他看。弗莱德每样各拿了几个塞进腮帮子里，含含糊糊地谢过了松鼠，便跑回了家。菲比还没回来，在他们出去的时候，玛格丽特把他祖传的一把椅子给拆成了碎片。

弗莱德吐出坚果，努力压抑住心头的怒火。"吃点儿这个吧。"他说着,给那倒霉孩子递过去一枚板栗。

"哎哟!"她说着抡起胳膊扔了出去。

板栗从墙上反弹回来,砸到了弗莱德的大腿。

"那,试试这个吧。"他说着又递给她一只橡果。

玛格丽特的胳膊可真厉害,等橡果弹回来的时候撞在了弗莱德的胃上,他收获了双倍的疼痛。她那光溜溜的脚有一只就在他的脸边,旱獭的牙齿就像刀一样锋利,要是能把这丑八怪的脚指头咬一个下来,那可真是大快人心了。可是她的脚也太脏了,他嫌上面有细菌。

弗莱德刚清理好自己,菲比就进来了,手里端着个碗。"那山羊真不错!"她说,"我们俩来了一场母亲之间的对话——瞧这个!"

碗里装了半碗羊奶。

"给她的时候小心躲着点儿。"弗莱德一边建议着,一边朝一旁退去。

然而玛格丽特没有把羊奶吐出来。事实上,把舌头伸进碗里尝了点儿味道之后,她一口气把羊奶给喝了。

"她喜欢这个!"菲比得

意扬扬地说道,"是不是棒极了?"

羊奶在玛格丽特的脸上留下了一道丑陋的白胡子。"棒极了。"弗莱德嘟囔着。

"饿死了!"玛格丽特不满地叫道。

"她不喜欢吃坚果?"菲比注意到了地板上散落的果子。

"不是那么喜欢。"

"我们最好再出去一趟。"

菲比去找鸟儿了,弗莱德则步履蹒跚地穿过满是车辙的田野,朝山上的泉水那边去了。站在那里,几乎可以看到整个乡间的景色。可是,他郁闷地发现,竟没有一个人类出来找走丢了的孩子。不过,他看到就在他刚刚和松鼠去过的那片树林里,有一个毛茸茸的棕色身影正沿着树林的边缘缓缓地移动着。

弗莱德没精打采地朝山下跑去,冲着那个方向,不过还是和熊保持着一段安全的距离。不一会儿,那野兽停下来,人立了起来,将脑袋塞到一个树洞里去了。他的身旁立刻聚集起了一群乱嗡嗡的蜜蜂,即便如此,他还是过了好一会儿才把脑袋拔出来,又四脚落地走了起来。他咂吧着嘴巴,慢慢地踱远了。

弗莱德小心地靠近蜂窝所在的树。这是一棵半死的松树,树皮上有深深的沟痕,很适合攀爬。他手脚并用爬了上去,朝中空的树干里望去,看到了蜂窝里一排叠着一排的蜂蜜。爬在上面的蜜蜂并没有把他当回事,还有几个看到他便大笑起来。不过，当他凑近去撬起一块蜂窝的时候，一只蜜蜂还是生气地叮了他一口，就叮在他鼻子上最嫩的一块肉上。

蜂窝虽然不重，却十分地黏手，还散发着一股甜腻的气味儿。弗莱德好不容易才把这东西弄回洞里，恶心得都快吐了。

菲比比他先到家，在那里一直笑啊笑的。

"我们的玛格丽特很爱吃莓子呢。"她哄着小宝宝说道。

看起来的确如此。玛格丽特的下巴这会儿已经染成了紫色，和她的白色羊奶胡子正好相衬。

"我的鼻子被狠狠地叮——"

弗莱德还没说完，玛格丽特就从他的爪子上一把把那块蜂窝夺了过去，然后一口吞了下去。

"我就说了一切都会有办法的！"菲比欢快地拍着手叫道，"这样不是好极了吗？"

弗莱德没做声，他正忙着把手上那可怕的蜂蜜给舔掉，然后才好去将鼻子里的毒刺拔出来。

十一
洞穴

又过了几个星期,花纹蛇正躺在自己心爱的大石头上晒太阳时,听到草丛里传来一阵窸窸窣窣的声音。他没挪动身子,只是滴溜转了两下黄绿色的眼珠。几米开外,有一只母田鼠正埋头走着,不停地东闻闻西嗅嗅。一直走到离大石头只有几条蛇的长度那么远的地方,她才感觉到了危险,抬起头看了看。

蛇发起进攻,不幸的是——至少从蛇这方面来说是如此——有一丛高高的草挡住了去路,他连田鼠的尾巴都没碰着,就这样错过了偷袭的时机。但他饿了,于是在她后面紧追不舍。田鼠东奔西跑,最后一头钻进了一个洞里。

这个洞是某个旱獭家的后门,田鼠连句"抱歉打扰了"

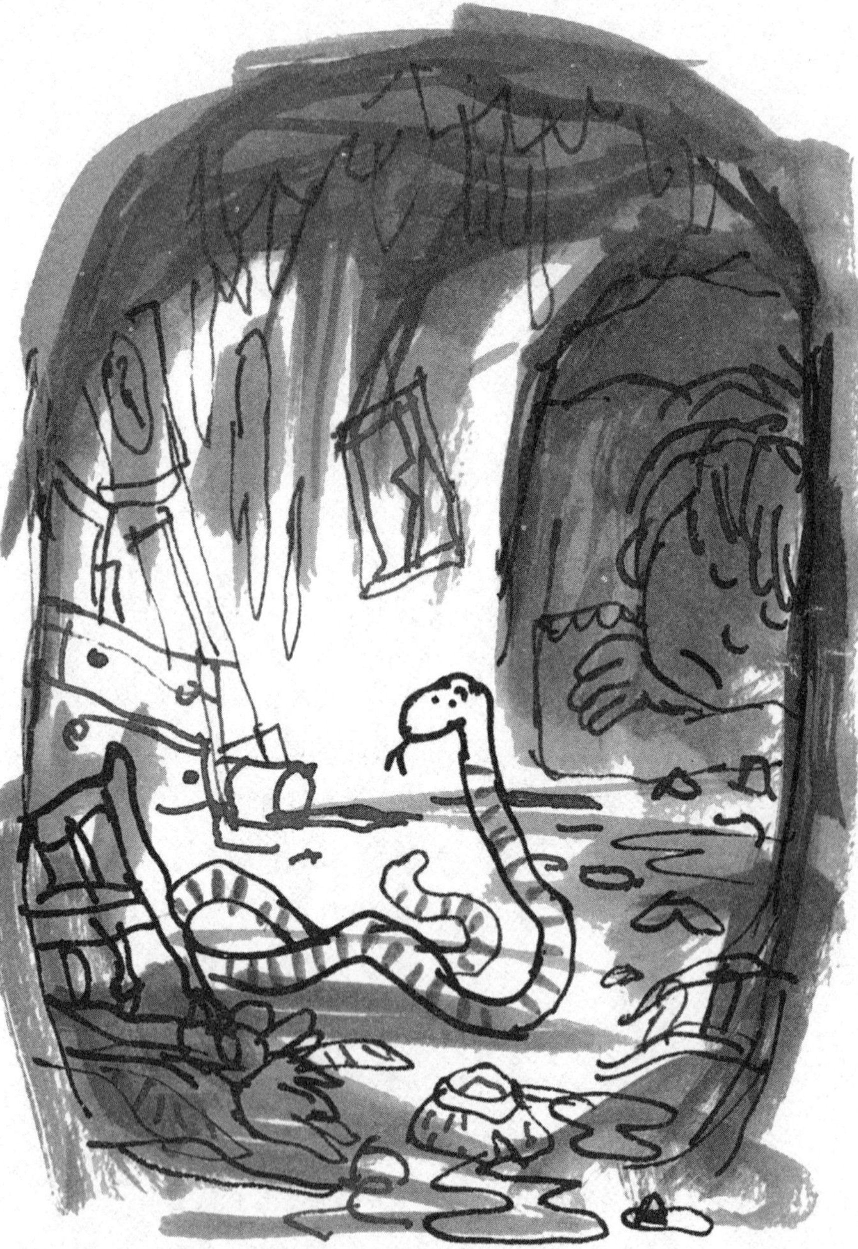

都没来得及说，就冲进了起居室。而花纹蛇却带着困惑停下了脚步，眼睁睁地看着田鼠从前门逃了出去。他发誓这个就是他认识的那只旱獭的窝，可是旱獭的家明明一直都很干净啊。而眼前的这个洞，地板上沾满了腐臭的奶渍和浆果汁，墙上也是黏糊糊的，还挂着碎木屑和坚果壳。

"我这是到了哪里啊？"他大声地问道。

"嘘嘘嘘。"说着，一只旱獭从厨房里走了出来。

这旱獭的模样是如此憔悴和枯槁，花纹蛇费了点儿工夫才认出他来。"这里是怎么了？"

"别吵醒了她。"弗莱德说着朝卧室指了指。

蛇朝卧室里瞅了一眼。卧室被一个没长毛也没长鳞片的软软的家伙给占满了，那东西还在打着呼噜。

"哦，那个人类。看来你是试了一些我跟你讲过的东西。"

弗莱德抱怨了起来。"她就只是吃啊吃，已经比来的时候要大一倍了。"

"你的家具是怎么回事？"

"坏掉了，每件都坏得不成形了。"

"旱獭，你看上去也快不成形了，最近吃饱了没有？"

弗莱德望眼欲穿地看了一眼厨房。"倒是想啊，可没什么胃口。"

"大概是被这味道弄的。"

"好闻着呢，是吧？"

"你老婆呢？"

"拿羊奶去了。"

"再这么喂下去,你都没法儿把她弄出卧室了。"

"我知道,我知道。"

"我不是说了叫你甩掉她吗?"

"是呀,可菲比喜欢这小东西。"

蛇想了想,没再问下去他老婆是不是脑子少了根弦。这么着他便也无话可说了,于是就溜走了。他天生冷血又自私,还在为丢了田鼠的事而生气,不过等他到了自己心爱的石头上盘成一团,又晒起了太阳的时候,他便忍不住可怜起那愚蠢的旱獭来:先是结婚,然后就更别提了,还弄了个人类回来!

又过了几天,在森林边缘捕食的时候,蛇在路上碰到了松鼠。松鼠又像往常一样絮絮叨叨地说起话来,而蛇也习惯性地听他说话却不回应。他们俩住在同一个洞穴里,还有一只臭鼬和一对蝙蝠同住在一起。

正说着,松鼠轻推了蛇一下。"那不是你的朋友吗?"他说。

蛇环顾四周,看到旱獭正拿着一块蜂窝朝他们这边蹒跚地走来,鼻子上还被叮了两个大包。"是熟人啊。"他说。

"他看起来真糟糕。"

松鼠是温血动物,比蛇要热心肠一点儿,等弗莱德走近了,松鼠主动去帮他拿蜂窝。弗莱德神色黯然地眨了两下眼睛。他已经累坏了,差不多是在梦游的状态,都没注意到这二位。

这要是遇上的是狐狸,他早就已经成了对方的盘中餐了。

"松鼠,没必要把你也弄得黏糊糊的。"弗莱德说,"不过还是谢谢你了。"

"还是被挤出家门,没法睡个安稳觉?"蛇问。

弗莱德绝望地点点头。

"可以去我们那儿,"松鼠说,"我们地方大。"

"那怎么好意思呀。"弗莱德说,"不过还是要谢谢你。"

"你都没去看过呢。"松鼠说着从弗莱德手上拿过蜂窝,"来吧,看一看又不吃亏。"

弗莱德已经没有力气反对了,有气无力地跟在松鼠后面走着。蛇也跟在后面,以保护自己的利益:他不确定自己是不是欢迎更多的室友。不过他不用担心弗莱德,弗莱德才走进洞里没几步,立刻就要往后撤退了。这个山洞是很大,可是又脏乱又潮湿,还住了一只臭鼬,好像光有松鼠和蛇还不算够似的!

"臭鼬,这是蛇的一个朋友。"松鼠介绍道。

"下午好。"臭鼬说着,摆了摆她那条惹眼的尾巴,"你也住这附近吗?"

"算是吧。"弗莱德说。这个山洞在山的那一边,离埋葬菲比妈妈的地方不远。

"那就奇怪了,我们还从没见过呢。"

"实际上,我很少到处活动。不过如今……"

"他家没地方住了,"松鼠说,"你觉不觉得他应该搬来跟我们一起住？"

"他可不只自己一个。"蛇嗞嗞说道。

"旱獭，你成家了？"臭鼬问道。

"我和我老婆。"弗莱德说，"现如今，还有个人类的孩子。"

"人类的？"

弗莱德快快地点点头。

"太奇怪了。"臭鼬说。

"说得没错。"

"我们还没怎么瞧见过人类呢。"

"也没什么好瞧的。"

"是吗？"头上传来一个短促而尖锐的声音，"我们也只从人类头上飞过，不过我们其实看不见。"

弗莱德看到洞穴的顶上倒吊着的两只皱巴巴的黑色生物。

"对不起，蝙蝠，把你们吵醒了。"松鼠说，"来客人了。"

松鼠刚把他介绍给蝙蝠先生和蝙蝠太太，弗莱德就从他手上拿回了蜂窝，说道："谢谢你们的款待，"他急着要逃离这个动物乐园,"我该回家了。"

"你这才刚来呢。"松鼠抗议道,"你不喜欢这里吗?"

"别走呀。"臭鼬说。

"要不我们出去给你找点儿吃的?"一只蝙蝠问道。

"你们真是太好了,"弗莱德说,"可我得把这个拿回家了。"

拿着蜂窝,他也没法握手了,就跟山洞的住户们口头道别。跌跌撞撞地走出来,他听到那只好心的松鼠叹了口气——然而一秒钟之后,他就清楚地听见花纹蛇松了一口气的声音。

十二
泥巴

"谢天谢地!"弗莱德总算回家了,菲比叫了起来,"我还以为你被蜜蜂叮死了!"

"呃,我——"

"哇哇哇哇!"玛格丽特哭喊着,从卧室里伸出了脑袋。

"可怜的小家伙饿坏了。"菲比说。

那可怜的小家伙从弗莱德手里一把夺过蜂窝,狼吞虎咽地吃了下去。

"亲爱的,是被叮了几口,对吧?"菲比说,"严重吗?"

"呃,不太好。"

"可是看到她吃得这么香,就值了,对吧?"

弗莱德没说话,按了按鼻子上的肿块。

"你停下来打了个盹儿?"

"我倒想呢,被拖到一个山洞里去了。"

"山洞?"

"就是那条花纹蛇住的地方。还有松鼠,在山那头,泉水那边。"

"那里怎么样呀?"

"糟糕透了,像是那种动物公寓,连蝙蝠都有。"

"地方大不大?"

"好像挺大的。"

"说起来,要是我们得搬家的话,我妈妈在的那个山头是个不错的选择,她的灵魂会一直保佑着我们的。"

"我得去吃点苜蓿了。"弗莱德嘟囔着朝厨房走去。

他不想再谈那个山洞了,哪怕又出去找一个星期的蜂窝,又在起居室的地板上睡一个星期。可是没过多久,那

个人类狂吃机器已经长得比卧室还大了，虽然弗莱德很高兴重新夺回了床的阵地，可是玛格丽特住到了起居室里，这让生活变得更加痛苦，还更加昏暗了。每次玛格丽特看到有萤火虫出来找吃的，她就想去抓，抓到了就撕成两半。很快，剩下的萤火虫就怕得要命，不敢再出来，饿着肚子在那里，也发不出什么光来。

而对于弗莱德和菲比来说，一觉睡到九点已经是一种美好的回忆了。现在他们七点前就会醒，准备好了玛格丽特随时会喊着要吃的。

"亲爱的，我想现在是时候采取非常手段了。"有天早晨，菲比一大早还在自己的床上时就对弗莱德说道。

"什么非常手段？"弗莱德迷迷糊糊地问。

"再加一个。"

"再加一个什么？"

"再加一个房间。别担心，我知道你比我还讨厌挖洞，我来挖，等我拿好羊奶就回来挖。"

弗莱德打了个呵欠，翻了个身过去。事实上他已经完全清醒了，一听到菲比拿着碗出去，他就跳下床，把卧室那头墙上挂着的画都扯了下来。菲比说得对，是到了要采取非常手段的时候了。她说他不喜欢挖洞也没错，可是有一点她说错了，他不会让她一个人去干这事的。

每天菲比打好羊奶回家的时候，通常都会看到玛格丽特饿得嗷嗷叫地在那里等着她，可是这天早晨，这孩子却在咯咯地笑。

"什么事这么好笑呀,亲爱的?"菲比说着,很高兴看到她快乐的样子。

"弗莱德。"玛格丽特说,现在她已经会说不少动物的语言了。

"弗莱德怎么了?"

"没了。"

"他去给你找好吃的蜂蜜去了?"

玛格丽特摇摇头,冲卧室微笑着。

"你是说他还在床上?"菲比说着,放低了声音,"好宝宝,别叫了,他得休息休息。"

菲比把碗递给玛格丽特,进去瞅了一眼还在睡觉的老公,差点没晕过去——整个卧室里全是泥巴。

"这是怎么回事?"她喊道,"弗莱德呢?"

"没了。"玛格丽特说着,又咯咯笑了起来。

菲比疯狂地挖了起来。挖出弗莱德的尾巴了,她的心跳停了好几秒钟,接着又更加疯狂地挖了起来。

最后她终于把弗莱德拖到了起居室的一个角落里来,他浑身盖满了泥巴,不过谢天谢地,他还有口气。

"弗莱德?弗莱德?"

他睁开了眼睛。

"你还好吧?"菲比喊道,把他脏兮兮的脑袋抱在膝头,"你说句话呀!"

坏脾气的玛格丽特

他的眼睛好似凸了出来。菲比本能地扶起他的身子,拍打着他的背。他咳出了一团泥巴来。

"谢了。"他沙哑着嗓子说道。

"可怜的!这是怎么了呀?"

"我打算——"他又咳出一块泥巴来,"我打算再加一个房间,就——塌方了。"

"太可怕了。"她说着,把他耳朵上的泥巴捡掉,"有没有压断骨头呀?"

"应该没有。"弗莱德说着,又坐起来一点儿。

可他还是很虚弱,在看到自己满身的泥土和堆满了泥巴的卧室之后,他又晕了过去。

"玛格丽特,"菲比喊道,"帮我把他拖到外面透透气!"

玛格丽特从碗里抬起头,羊奶顺着她的下巴滴了下来,她摇了摇脑袋说道:"太脏了。"

菲比只好自己一个人把弗莱德拖了出去。

十三
搬家

弗莱德没能把家里挖大点儿,反倒是让它变得更小了。卧室没了,玛格丽特又占着起居室,两只旱獭只能睡厨房了。

只睡了一夜,菲比就受不了了。"我觉得我们真的该搬去那个山洞里试试了。"第二天早上她说道。

曾几何时,什么诱惑也不能让弗莱德离开自己心爱的洞穴。然而那是在他浑身溅满了蒲公英汁之前,在他被果壳砸中、被蜜蜂叮咬、浑身沾满蜂蜜、活活埋到泥巴里之前——在他这个心爱的洞穴变成一个阴森森、黏糊糊、充满了蜂蜜的腥臭味、莓子的烂糊味和泥巴味的破洞之前。

自从那晚碰到大牙齿的巨大泰迪熊之后,玛格丽特还没从洞里挪出过一步。这回他们推她出来,她又像第一次被推进来的时候那样拼命尖叫起来。她已经习惯了这里,她爱上了住在那里懒洋洋地躺着被人伺候的生活。

"宝贝,我们要去一个新地方了,那里好极了。"菲比一边让她放心,一边把碗扣在弗莱德的脑袋上,像是给他戴了一顶大帽子,"会有很多奇遇的。"

玛格丽特不喜欢"奇遇"这个词的发音,她也不喜欢锻炼,尤其是现在她的体重已经翻倍了。她走了两步就累了,于是跟在旱獭旁边爬了起来,一边爬一边抽抽搭搭地哭着。最后她终于在一棵白杨树的树荫下扑通一声趴倒在地上,很快就睡着了。两只旱獭想把她弄醒,却没能成功。最后没办法,只好抬着她。到了山洞门口,把她往那儿一扔,弗莱德就一步也走不动了。

"喂,你们好呀!"松鼠跳出来说道。

"你好。"弗莱德喘着气说。

"这位一定是你的妻子了。"

"我叫菲比。"菲比说。

"很高兴认识你,菲比。"松鼠说,"喂,大家快来看呀,一个人类小孩!"

"真新鲜。"臭鼬说着走了出来,"她叫什么名字?"

"玛格丽特。"菲比骄傲地说。

"看着喂得真不错呀。"臭鼬评论道。

"可不是嘛。"菲比说。

"你们这是要搬过来住吗?"松鼠满怀期待地问道。

"呃,要是还有地方,要是你们不介意的话,"菲比说,"我们想着是不是要来试一试。"

"我们没问题。"臭鼬说。

"蛇去哪里了?"弗莱德问。

"捕食去了吧,大概。"松鼠说,"不过他肯定也会高兴的啦。"

弗莱德可没那么肯定,帮菲比把玛格丽特弄进了山洞之后,他站在外面等着蛇回来。山洞里面,松鼠搞出了好大的动静,蝙蝠被吵醒了,开始在山洞里疯狂地转着圈儿飞了起来。菲比被这里迷住了,不仅是因为他们热情的接待,还有这石头墙壁——不会再塌方了——还有足够的地方让玛格丽特长大。

"她喜欢坚果吗?"松鼠问,"我还存了好多。"

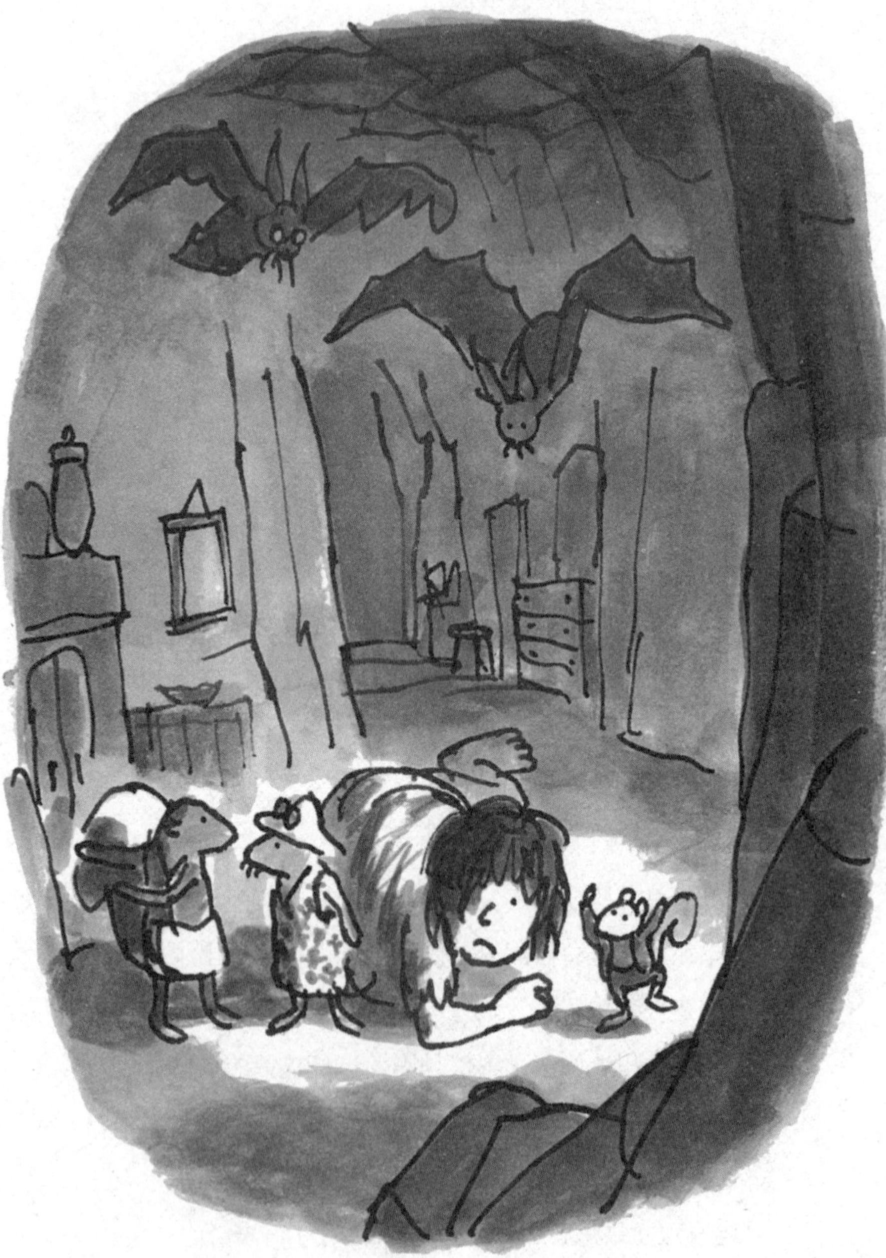

"弗莱德给她吃过，她不喜欢。"

"剥壳了吗？"

"你是剥壳吃的？"

松鼠从山洞后面的贮藏室拿出了一粒坚果，用门牙巧妙地去了壳，把里面的果仁递给了玛格丽特。她做了个鬼脸，用舌头舔了舔果仁，然后塞进了嘴里，嚼了嚼，吞了下去。

"还要！"

"她喜欢吃！"松鼠乐了。

"不知道她想不想尝尝我的虫子？"臭鼬说，"我有不少新鲜的蟋蟀。"

"你真是好心，"菲比说，"不过还是别冒这个险了。"

"她最喜欢吃什么？"蝙蝠先生问，这会儿他又倒挂在天花板上了。

"木莓果子！"玛格丽特喊道，自己回答了这个问题。

"真神奇。"臭鼬说，"她还会学我们说话。"

蝙蝠先生嗖地飞出山洞，不一会儿就带着一粒熟透了的

坏脾气的玛格丽特

木莓果子回来了。他像个专业投弹手那样，把果子丢在玛格丽特的手里。玛格丽特立马就塞进了嘴里。

"宝贝，要谢谢好心的蝙蝠。"菲比说。

"还要！"玛格丽特叫道。

薄暮的时候，弗莱德看到了蛇。蛇没有像往常那样一路滑行过来，而是像背着什么超重的行李那样朝山洞挪去。事实上，他还真是背了什么东西。

"蛇，你还好吧？"弗莱德看到他纤细的身子中央鼓起了一个大包，不禁倒抽了一口气。

蛇懒洋洋地冲他笑了一下。"好得很。"他说，"你呢？"

"呃，嗯，我有点担心。是这样的，我们家出了点儿问题，我们想要不就搬来跟你们住上一阵子——要是你能接受的话。"

"好的，好的。"蛇说着，微笑着朝前挪去。

蛇拖着身子进了山洞，后面跟着那惊讶极了的旱獭。

"松鼠，请问一下，"弗莱德说，"蛇身体里是什么东西呀？"

松鼠又给玛格丽特剥了一粒坚果，抬头看见蛇在他平时睡觉的地方盘了起来。

"瞧着像是只牛蛙。"他说。

"牛蛙?"

"蛇最喜欢吃牛蛙了。"

蛇惬意地睡起了消化觉,其他人则都在围着玛格丽特团团转。蝙蝠先生和蝙蝠太太一趟一趟地飞出去找莓子,松鼠一个接一个地给玛格丽特剥坚果,而臭鼬在帮弗莱德和菲比收集树叶,好给玛格丽特铺一张舒服的床。

吃饱了之后,玛格丽特扑倒在新床上。

"我们不会偷看你的,"松鼠保证道,"睡个好觉吧,玛格丽特。"

玛格丽特嘟囔了一声,接着便打起了呼噜。菲比轻声向动物们表示了感谢,跟着弗莱德走到山洞一处僻静的角落里,在他身边团成一团过夜——尽量不碰乱他的毛发,紧紧地挨着他。

十四
山洞生活

弗莱德又回到了自己的旧窝打扫卫生。洞里一点泥巴的影子都看不到,一切都还是那样,就像他和菲比新婚时那么干净整洁。菲比也在,正用香蒲草掸着灰……

玛格丽特的鼾声炸裂了这脆弱的美梦泡泡。弗莱德眨巴着眼睛,看到头顶上倒吊着蝙蝠,闻到了臭鼬的膻气。他紧紧地闭上眼睛,想要再回到梦乡,可是清晨的光线已经漏进了山洞,没一会儿玛格丽特就叫了起来:

"要吃的!"

弗莱德挣扎着爬了出去,在山脚下转悠着。快走到有蜂窝的那棵树的时候,他看到前面已经有人了。今天是熊开荤的日子。等他手拿着蜂窝、鼻子上顶着一个包回到山洞的时候，已经过去好一会儿了。

"给你，玛格丽特。"他说着把那个黏糊糊的东西递了过去。

可这回玛格丽特却没有一把抓过去。"饱了。"她说。

"宝贝，真是个奇迹呀，是不？"菲比轻轻说道，"大家都来出力了。"

看起来，蝙蝠和松鼠已经用一大顿莓子和坚果组成的丰盛早餐把玛格丽特给喂饱了。弗莱德把蜂窝放到一块石板架上，留着给玛格丽特做午餐。

他到溪水边去洗爪子，玛格丽特盘腿坐在那里打起了饭后盹儿。她很高兴搬到了这个山洞里来，半夜里气温变凉的时候，她只要叫一声"再来点儿树叶"，那些蝙蝠就会飞过来给她拿一点儿，好像一点儿也不在乎黑暗。现在她可不止有两只旱獭可以使唤了，她还有一对蝙蝠、一只松鼠和一只臭鼬。

玛格丽特白天就是吃饭、睡觉，从来不离开山洞半步，动物们也养成了围着她转的习惯。唯有一个生物拒绝为她服务。

"蛇真恶心，"一天早晨玛格丽特说道，"没有手、没有脚。"

"嘘，"菲比说，"别伤了他的心。"

"他又不给我拿莓子。"

"哦，你饿了吗？宝贝，你怎么不说呀？"

外面在下雨，菲比还是出去给这孩子找莓子去了。

雨一连下了好几天。在一个阴雨的下午,松鼠浑身透湿地回到了山洞里。

"你看着像一只老鼠了。"蛇看着松鼠吐出腮帮子里的坚果,品评道。

"是吗?"松鼠欢快地说,"猜我在山那边看到了谁?"

"谁?"

"一群旱獭,在雨里游荡。"

"他们长什么样?"菲比问。

"一只母旱獭,还有三个孩子——有两个还很小。"

"噢,弗莱德,这听起来像是芭贝特,我们得去看看发生了什么事。"

"要是芭贝特的话,那肯定是在闹着玩儿。"弗莱德说着,他一点儿也不想出去淋湿身子。

可是菲比已经冲出去了,他也本能地跟了上去。

在一丛冬青树下,他们找到了那四只挤成一团的旱獭,花了好一会儿工夫才认出来芭贝特,她再没有从前那副神采飞扬的模样了。

"啊，谢天谢地，菲比！"那旱獭灰头土脸地说道，"我刚去了你们家，发现里面窝着一只可怕的老獾。"

菲比忙着拥抱那几个淋湿了的小孩儿，弗莱德直愣愣地盯着倾泻而下的雨水。这下好了，他那昔日心爱的小窝被一只獾给占了。

"我原本是要去跟你说一声我们搬家了的，"菲比说，"可是我太忙了。这种天气你出门干什么？"

"菲比阿姨，我们一觉醒来全都湿了！"麦特叽叽喳喳地说，"酷！"

"河水上涨，把我们冲出来了。"芭贝特哽咽道，"我们无家可归了！"

"别说傻话了，"菲比说着，抱起了两个小的，"跟我来。"

哎呀妈呀，弗莱德心里想道。

他们回到山洞里，蛇嗖嗖地大笑起来。"你们简直就像一群负鼠。"他说。

弗莱德很不体面地把自己抖抖干，玛格丽特指着新来的客人吼道："这是谁？"

"宝贝，用手指着人家不太礼貌。"菲比说，"这是我姐姐芭贝特，还有她的孩子——你的表兄妹。"

"不是的！"

"嗯，当然了，没有血缘关系的。不过既然我跟弗莱德算是你的父母，他们又是我的侄子侄女……"

"没地方了！"玛格丽特宣布。

"宝贝，没地方了？什么意思？"

"没地方了。"

弗莱德头一次同意这孩子的意见。

"玛格丽特，不许这样说话。"菲比说，"你们其他人同意他们在这里暂住一段时间吗？他们的洞被洪水给冲了。"

除了蛇没有说话，其他的动物都很热情。三个小的累坏了，就在山洞的一角睡了起来。

趁着这个机会，芭贝特梳理起毛发来。"喂。"她注意到了盘坐在那里的花纹蛇。

蛇咕哝了一句。

"你在干吗呢？"芭贝特问。

"放松放松。"

蛇换了个姿势盘起来，把脑袋转到另一边去了，留下芭贝特在那里完全摸不着头脑。她长这么大还从来没被这么对待过呢。

等孩子们醒来在山洞里打闹嬉戏的时候，她还保持着一副迷惑不解的姿势。松鼠出去了，好心的臭鼬陪菲比去拿山羊奶了，蝙蝠正在打盹儿，只剩下可怜的弗莱德来看管这群调皮鬼。

在众人之中，玛格丽特向他伸出了援手。她扑向一只小一点儿的旱獭，还不允许她反击。

这三个小东西都成了她游戏的道具，但看起来他们仨可没有她这么欢喜。他们一个接一个跌跌撞撞地走回角落里，头昏脑涨地倒在那儿。弗莱德简直想谢谢玛格丽特了。

戏弄他们是玛格丽特搬进山洞以来最激烈的运动了，因此那天晚上，她早早地就睡了过去。而那三个小东西也累坏了，菲比和臭鼬帮着芭贝特把他们弄上了床，松鼠则给大家准备了一顿自助冷食晚餐。

芭贝特被花纹蛇给迷住了，没心思吃晚饭。"你一直都住在这里吗？"她把玩着手里的苜蓿，问道。

蛇刚吞下一只鹧鸪蛋，就算想回答也没法开口。

"我记得他跟我说过，他是在猪场那边的肥料堆里出生的。"松鼠替他作了回答。

"是吗？"芭贝特说，"真有意思！"

"你们都是本地旱獭吗？"臭鼬问。

"弗莱德家祖祖辈辈都住在这里，"菲比说，"亲爱的，我说得对吗？"

"温室还没建起来的时候，我家就住这儿了。"弗莱德很是骄傲地说道。

"真神奇,"臭鼬说,"我连自己的爷爷奶奶是谁都不知道。"

"我连自己的母亲是谁都不知道。"松鼠说。

"怎么会呢?"菲比问。

"我一出生她就跟一只飞松鼠跑了。"

"天哪。"

蛇不耐烦地吞咽着,把蛋挤到了喉咙下面,好说出话来。"这有什么,"他嘶哑着嗓子说,"我妈妈被一只猎鸡鹰给叼走了,最后还活着回来了。"

"她是怎么逃掉的?"芭贝特瞪大了眼睛问道。

"她咬了那鸟的脚,那个蠢蛋就把她给扔下了。啪地摔到了一块牛粪上,臭得很,不过好歹很软。"

"她现在还活着吗?"菲比说。

"谁知道呀。"蛇做了一个类似耸肩膀的姿势,"我跟家里人联系不是很多。"

"先前菲比跟我说,她妈妈就埋在这山上,"臭鼬说,"就在泉水旁边。"

"那肯定就是我们捉蚊子的地方。"蝙蝠在头顶吱吱地说道。

他们一直聊到很晚,最后除了蝙蝠,大家都打起了呵欠。当弗莱德和菲比回到小窝里躺下后,她轻声说:"亲爱的,这里的气氛很友爱呀,是吧?"

MEAN MARGARET

　　弗莱德当然还是更愿意回到自己的小屋——至少是在玛格丽特到来之前的小屋。然而夜色掩盖了山洞里的凌乱，而眼下玛格丽特又睡得死死的，他不禁承认，这里还算不坏。

十五
好玩儿

等大家都上了床,松鼠给大家祝了晚安和好梦,自己却兴奋得一时睡不着觉。很久以来,他一直渴望有一个真正的家,现在旱獭和他们各式各样的孩子搬进了山洞,就好像大家真的成了一家人。

等他睡眼蒙眬的时候,天已经蒙蒙亮了,因此他就睡了一个上午。正梦见成为一只飞松鼠的时候,什么东西刺了一下他的脑袋。

"哎哟!"他大叫着坐了起来。

已经很晚了,大部分动物都出门去了,麦特和臭鼬跟着菲比出去采莓子,蛇出去捕食,芭贝特跟在他后面。弗莱德又被迫当起了看小孩的那个,努力周旋在玛格丽特和双胞胎之间。这会儿,玛格丽特正拿着果壳往熟睡的松鼠身上砸。

"玛格丽特!"弗莱德厉声喝道。

她兀自咯咯笑着,为自己砸中了目标而开心,之后又拿起一只朝松鼠扔去。这简直就跟扔小毛球一样好玩儿。

"玛格丽特,这样很不好,"弗莱德说,"停下。"

"好玩儿!"她回嘴道。

山洞就像是一个回音室,紧接着,双胞胎开始哭起来,玛格丽特把他们俩轰了出去。弗莱德又一次觉得要感谢她了,可他知道要是没看好那两个小婴儿,菲比肯定再也不会跟他说话了。于是他跟着双胞胎出去了,玛格丽特利用这个机会开始往天花板上弹射果壳。

很快,打着呼噜的蝙蝠先生就从刺痛中尖叫着醒来了,惹得玛格丽特好一顿大笑。

"这是怎么了呀?"蝙蝠先生问。

作为回答,玛格丽特又往他妻子那里发射了几颗果壳,很快蝙蝠太太也猛地惊醒了。

"哎哟!"

这个游戏真是太好玩儿了。

后来,等所有的动物都回来了之后,弗莱德组织了一场大扫除。要是他非得留在这个倒霉的山洞里看孩子的话,至少这里要干净一点儿才行。他没有去麻烦蛇,蛇正在山洞后面蜕皮。也没麻烦芭贝特,她正痴迷地注视着蛇蜕皮的过程。然而松鼠和臭鼬那毛茸茸的尾巴却没有逃过弗莱德的法眼,他瞧着那正是天生的掸灰和扫地的好工具。他一边努力地收拾东西，一边怂恿他们用尾巴来干活。

臭鼬正扫着玛格丽特床边的树叶，被她堵了个正着。"好玩儿。"她说着指了指臭鼬的后背。

"你说什么？"臭鼬说。

"你的条纹，好玩儿。"

"玛格丽特，"菲比赶快跑了过来，"这样说话可不礼貌。"

"就是好玩儿。"玛格丽特说着也笑话起她来，"没有皮肤，光长毛。"

"亲爱的，你在说什么呢？"菲比问。

"皮肤好好，毛毛傻帽。"

听到这里，蜕皮蜕了一半的蛇不禁觉得这孩子也不像他原先以为的那么蠢了。弗莱德却气坏了。菲比为她付出了这么多，这小东西怎么能这么说！他捡起一个果壳，决定给这个小怪物来一个以牙还牙。

他手挥到了半空中，菲比却打落了他的果壳。"亲爱的，她在开玩笑呢。"

弗莱德眯起眼睛看着玛格丽特。玛格丽特回瞪着他，心里有了个主意。"泥巴！"她喊道。

"泥巴？"菲比说，"玛格丽特，你要泥巴干什么？"

"要一碗泥巴！"

为了安全起见，弗莱德抓牢了自己的碗——那是他在这世上唯一的财产了——他将其带回到他和菲比睡觉的角落里。可那天晚上，蝙蝠借着月光出去远足了，大家都睡着了，玛格丽特爬了过来，没有惊动他和菲比就夺过了那只碗。外面雨停了，地上还是湿漉漉的一片泥泞。玛格丽特到了山洞外面，往碗里装泥巴，又拖着碗回到了角落里。

一开始，弗莱德还以为自己是在做噩梦，是又回到旧窝里被泥巴给活埋了。可他睁开眼睛，看到的是玛格丽特在往他的毛上面抹泥巴，他尖声惊叫起来，吵到了山洞里的每一个动物，除了玛格丽特。这个分贝对于人类来说太高了，她听不见。玛格丽特高兴地拍着满是泥巴的手掌，欢呼道：

"好玩儿！"

"一点儿都不好玩儿！"菲比回斥道。

"好玩儿!"玛格丽特叫着,还嫌不够似的,往菲比身上也倒了一点儿泥巴。

这下就连菲比也没了好脾气,一时间她都想好好地揍她一顿了,可这简直是没可能的事——玛格丽特每天除了吃就是睡,她现在已经长得很壮了。最后菲比和弗莱德只是把那只碗拖到了山洞外面,拿到小溪边去了,他们知道玛格丽特很懒,不会追上来的。

"坏人!"玛格丽特怒气冲冲地瞪着他们的后背。

十六
更好玩儿

"要吃的！"

弗莱德和菲比从他们的角落里坐了起来，眨巴着眼睛打了个喷嚏。昨晚他们俩在河里清洗自己还有那只碗的时候，得了伤风。现在又到早上了，玛格丽特又吵嚷着要吃饭了。

两只旱獭拖着步子走在山洞外，一只脑袋上顶着那洗干净了的碗，另一只的脑袋里则幻想着各种谋杀场景。

等他们回来，玛格丽特一把抓过蜂窝，就着羊奶吃了下去。填饱肚子后，她又开始打主意找乐子了。今天玩儿什么呢？她思索着，舔了一下嘴唇上的羊奶胡子。她已经玩过了把小家伙们当球扔到墙上的游戏，松鼠和蝙蝠也当过靶子了，也拿臭鼬的条纹和旱獭的毛开过玩笑了。她在山洞里四处瞅着：弗莱德和菲比正在分享几片苜蓿，臭鼬在打盹儿，芭贝特在山洞后面，专心看着蛇蜕皮的最后步骤，松鼠在陪小孩子们玩。

"走——走。"双胞胎中的一个说道。

"走——走——走啊——走。"松鼠快乐地说道。

就在他们这么走着的时候，麦特玩起了松鼠毛茸茸的尾巴。尾巴！玛格丽特的眼睛里闪过一丝狡黠。

她爬到了山洞那头，用力撑起身子，摸到了墙上的一道石头缝，掏了几粒坚果出来。她见过松鼠把坚果藏在这里，但她还从没想过要来这里搜罗一番，因为她需要松鼠给她当剥壳器。

"喂，玛格丽特，打扰一下，"松鼠说着赶紧跑了过来，"这是我过冬的食物。"

"怎么样？"

"呃，我放在那里保管的。"

松鼠的尾巴紧张地前后甩着，玛格丽特抬起一只脚就踩在了上面。

"哎哟！"松鼠叫道。

"好玩儿！"玛格丽特叫道。

菲比赶忙冲过来向松

鼠道歉。

"玛格丽特，不许这么做，"她坚决地说，"这样不好。"

玛格丽特踩住了菲比的尾巴。

"哎哟！"菲比叫道。

"你敢！"弗莱德叫道。

"好玩儿！"玛格丽特叫道。

不过旱獭的尾巴又短又硬，没有松鼠的尾巴那么好玩儿。玛格丽特的眼珠滴溜溜地转着，最后定格在蛇身上，蛇刚在墙壁上蹭下了最后一点旧皮。这家伙整个儿就是一条尾巴，玛格丽特大踏步走过去，踩住了他。

"好玩儿！"她叫道。

蛇新换的皮肤还很敏感，他痛得咝咝直叫。这咝咝的声音带上了危险的色彩，他盘踞起来准备反击了。这时，不顾弗莱德的反对，菲比冲过来护在玛格丽特的前面。

"旱獭，你走开！"蛇命令道。

"她还是个孩子，不知道好歹。"菲比说，"玛格丽特，赶快给我住手。"

蛇并不想真的伤害到菲比，于是他恶狠狠地看了玛格丽特一眼，宣布道："我已经受够这里了。"

"哦，你不能走。"芭贝特喊道。

"要打个赌吗？"

"蛇，你不能离开我们，"松鼠说着走了过来，他一手抱着一只小旱獭，脖子上还骑着麦特，"我们就像是一家人。"

"松鼠,你坚果吃多了吧,"蛇咝咝说道,"瞧瞧那家伙是怎么对待你的,她就是个太后老佛爷!"

"她还把我们当球扔!"麦特说。

玛格丽特咯咯地笑起来。

"花纹蛇,非常抱歉。"菲比说道,"不过你知道小孩子就是这样。"

"喊。"蛇说。

当一条蛇想要跑开的时候,他可以跑得很快。一眨眼花纹蛇就嗖地就从洞里消失了。

"他不能就这么一走了之啊。"芭贝特目瞪口呆地说,"他连我的名字都还不知道呢。"

"他肯定还会回来的,"菲比说,"弗莱德你说呢?弗莱德？亲爱的？"

　　但是弗莱德已然沉浸在自己的幻想之中了。他久久地盯着蛇远去的背影，想象着自己也跟蛇一道逃离了这脏乱差的山洞和那个可恶的孩子。

十七
蛇之痛

蛇嗖嗖地爬上了山,忽然感到身上有一阵阵的疼,于是停下来检查自己刚换的崭新皮肤,紧接着便倒抽了一口气:他身体的中间肿起了鹅蛋大的那么一块。如果真是吞了只鹅蛋,他应该会感觉到很饱,而不是像现在这样疼得要命。刚换的嫩皮,那家伙可真会挑时候踩他。

想要消肿,就得泡澡。他找到了一眼不错的小泉,扭摆着身子钻进水里,只把脑袋搁在岸上,以便咒骂那个讨厌的孩子。

"卑鄙的怪物……人魔……"

冰冷的泉水很是舒服,疼痛渐渐褪去,他也不再骂骂咧咧了。过了一会儿,他注意到附近有块石碑,想起来臭鼬曾经说过菲比和不知道叫什么的那位，她俩的妈妈，就是埋在这山上的一口泉水边。这会不会就是菲比妈妈的墓碑？

他想起那天晚上大家都在聊着各自的故事，他自己也跟大家一块儿聊了起来，说到了母亲和那只小鹰的事，多奇怪呀。"这肯定都是不知道叫什么名字的那位撺掇的。都不知道哪个更烦人，是她成天跟在我屁股后头呢，还是被那小怪物给踩了一脚。"

虽然逃离山洞给他带来了解脱，他却忍不住思念起其他的动物来。渐渐地，那疼痛转移到了他的心里。

"真奇怪，"他想，"我不会真的想他们了吧，嗯？"

他一向只把他们当做室友，而不是朋友。他觉得自己大概脑子也浸到水里了，于是便扭摆着上了岸。然而心口的疼痛却始终还在。

"得吃点儿东西了。"他决定。

他滑下了山，朝草场那边去了，没一会儿就捉了四只汁多味美的蚱蜢吞进肚子里。然而这顿美餐也没能驱赶走他的疼痛。

"肯定是因为刚蜕过皮，"他对自己说道，"就变得敏感多心了。"

他没有像往常吃过午饭那样，在自己的石头上晒太阳，而是蜿蜒着穿过草地，打算离那山洞越远越好。走了一会儿，他来到了一条马路上。他对马路没什么好感，他以前有个表亲就是在马路上被一辆十八轮大货车给压扁了。

这个下午，好多辆货车和小轿车从这条路上开过。在那里等着没车时过马路的时候，他注意到电线杆子上有张告示，上面画了玛格丽特那张丑陋的大脸，下面好像还写了什么字的样子。

"奇了怪了。"他心想，要是能识字就好了。

每当一辆车的余震渐渐消去，他那长而敏感的身体就又感知到了下一辆车的到来。接着不出所料，又一辆车就这么飞驰而来了。最后太阳也要下山了，他感觉到了两种疼痛，身体中央的那个和心口上的，一个让他渴望回到山洞的家中，另一个却让他再也不想回去。

夜幕降临了，他心口的那个疼痛赢了，他发现自己甚至开始想知道不知道叫什么名字的那位叫什么了——菲比的姐姐。可即便这么想家，就这样冲回去也很丢脸。要是他有腿，那就像是夹着尾巴回去一样了。他决定等到大家都睡着了再回去，到了早上他就跟大家解释说，把他们丢下他觉得良心上过意不去。

他回去的时候已经很晚了。他在洞口停下，朝里面瞅了一眼，让眼睛适应一下漆黑的环境。蝙蝠不知道上哪儿去了，不过其他的人看起来都睡着了。

"啧啧。"蛇咕哝着，认出了玛格丽特睡在树叶床上的身形，看见她的嘴角还挂着一丝滴出来的莓子汁。

他想要滑回自己往常睡觉的地方，盘起来过夜，可又担心那个小魔怪会在他不留神的时候再来踩上一脚。旁边

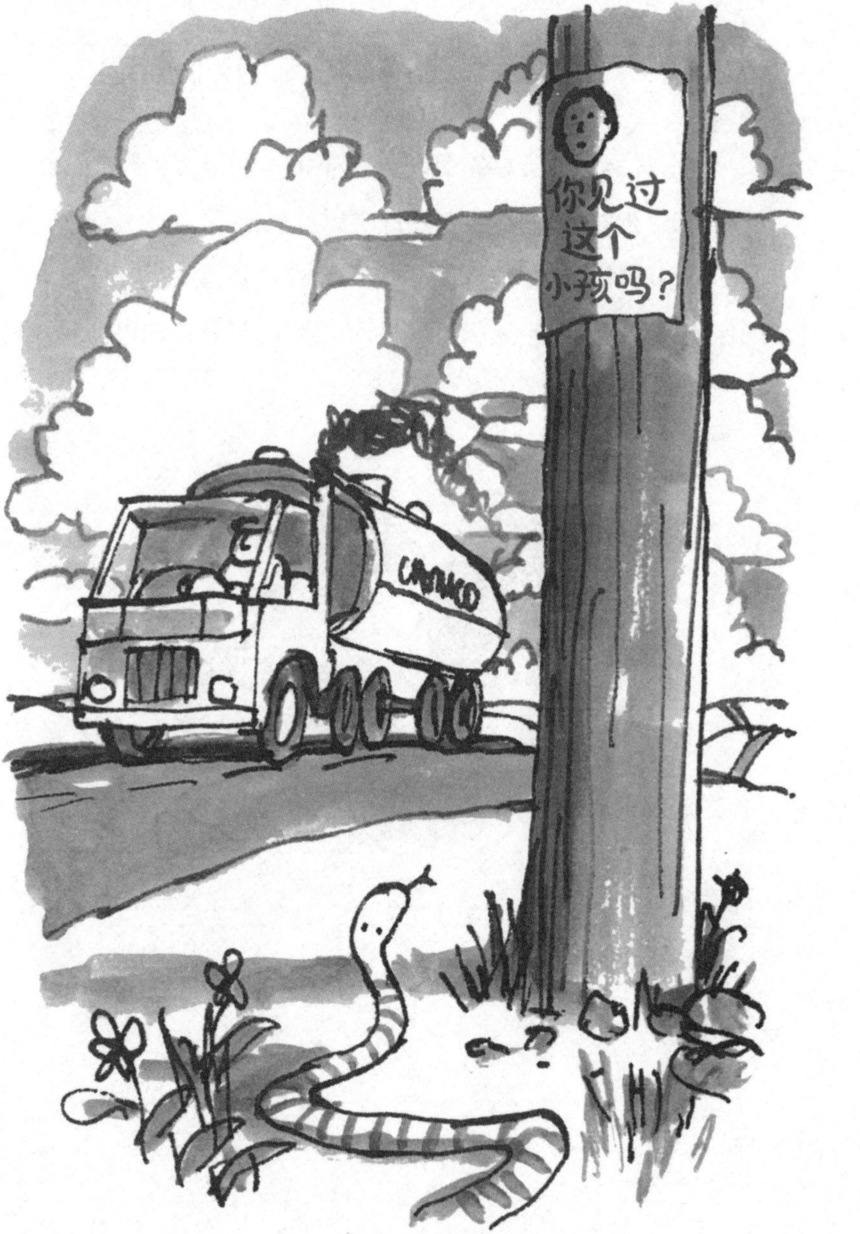
你见过
这个
小孩吗？

传来一丝动静，是臭鼬翻了个身。蛇黄绿色的眼珠在臭鼬和这个打着呼噜的小混蛋之间转动着，一丝火花闪现在了眼前。

他滑进洞里，直接跑到玛格丽特的耳朵旁边。"踩臭鼬的尾巴，"他对着她耳语道，"踩臭鼬的尾巴。"

玛格丽特继续打着呼噜。蛇在她的耳朵边不断嘀咕着，把这句话重复了四十遍、五十遍、六十遍。最后，他跑出山洞，找到一个废弃的花栗鼠窝过了一夜。

十八
直接命中

　　第二天早上玛格丽特醒了，她又像往常那样，从树叶床上坐起来喊道："要吃的！"菲比顾不上尾巴上的酸痛，就拿起碗来出去找山羊了。松鼠也顾不上酸痛的尾巴，给玛格丽特剥了几粒坚果——不过这回他离得远远的，把果仁一个一个地扔到她那头去。

　　"我看那蛇是不会回来了。"芭贝特看着蛇蜕下的旧皮，伤心地说道。

　　"昨天晚上我们出去捕食的时候，曾听到附近有什么窸窸窣窣的声响，"蝙蝠先生说，"好像是蛇的声音。"

　　"也许是那条又老又瘦的条纹蛇。"臭鼬说，"我打赌我们的朋友还在五英里开外呢。"

"十英里吧。"弗莱德嫉妒地说。

"要蜂蜜！"玛格丽特喊道。

"让我先吃一口苜蓿吧。"弗莱德咕哝着。

"懒！"玛格丽特抱怨起来。

"我能跟你一道去蜜蜂那里吗，弗莱德姨夫？"麦特问。

"除非你想鼻子上面被叮上几个大包。"

"臭鼬！"玛格丽特叫道。

"干吗？"臭鼬警觉地问。

玛格丽特答不上来，她也不知道自己干吗要叫臭鼬，不知怎么这个词就脱口而出了。

然而看到臭鼬那毛茸茸的尾巴，她心中有了答案。她等着臭鼬转过身去帮芭贝特喂那两个双胞胎的时候，站起身来，一步一步走过去，在臭鼬的尾巴上狠狠地踩了一脚。

"哎哟！"臭鼬发出一声尖叫。

"好玩儿！"玛格丽特喊道。

可她没高兴多久。玛格丽特刚一抬脚，臭鼬就转过身来，提起了受伤的尾巴。像所有的臭鼬那样，她的尾巴下面罩着两个腺体，里面有能够喷出十英尺远的雾化的液体，这种雾化的液体气味浓烈而难闻，就是比臭鼬大上十倍的动物也不会去招惹它。

这会儿臭鼬把两个腺体里的液体都拿来开火了。

"唷！"玛格丽特叫道。

玛格丽特也发过火：当哥哥姐姐半夜把她扔在水沟里的

时候,当旱獭喂她吃虫子和蜗牛的时候,当他们把她从旱獭洞里搬出来的时候,可那些时候都不能跟眼下相比。此刻这个山洞里——她的山洞里——被一种前所未有的臭气给充满了,她疯狂地拍打着空气,想要把这味道赶走。一点儿用都没有。她尖叫着,跌跌撞撞地跑到了外面的新鲜空气中。

可就算是山洞外面,空气也不新鲜了,这气味怎么还跟里面一样浓?她崩溃地嚎叫起来,甩开小肥腿拼命地跑着,想要逃开这股臭气。

山洞里的其他动物也都震惊了。幸运的是,臭鼬是对准了玛格丽特直接命中的,因此大部分臭气都被玛格丽特带到了外面。可是没一会儿大家也都像玛格丽特那样,一窝蜂全都跑出了山洞。

"谁能想到她会跑得那么快?"松鼠望着玛格丽特消失在一片树林的后面。

"菲比从山羊那里回来的时候搞不好会撞见她。"弗莱德说。

"实在太抱歉了。"臭鼬结结巴巴地说,"我绝对不是故意要在山洞里放气的,这是本能。"

"完全能理解。"弗莱德说。

"太棒了!"麦特说,"你真是神枪手。"

"臭臭。"双胞胎中的一个说道。

"臭臭臭。"另一个说。

"听见没?"松鼠叫道,"芭贝特,双胞胎会说话了!"

芭贝特正忙着从旁边的榕叶荚上扯一片叶子下来。"最好让山洞散散味道。"她说。

听到这儿,麦特偷笑起来。

"笑什么呀?"芭贝特问。

"妈妈,你什么时候变得这么爱打扫卫生了?"

"我们家可没被臭鼬喷过。"芭贝特说着——不过事实上麦特说得没错。她想要给洞里散散风的唯一原因就是,她希望要是蛇碰巧再回来的话,能够留下来。

就在这个时候，蛇回来了，就出现在她的面前。他昨晚过夜的那个花栗鼠窝就在桤叶荚的下面。

"是蛇！"蛇伸出脑袋时，芭贝特惊叫起来。

"我们还以为你已经跑到隔壁县去了。"弗莱德说着，惊奇地发现自己很高兴再见到蛇。

"抛弃了大家我觉得过意不去。"蛇粗声粗气地说。

"没有你，这个山洞都变样了。"松鼠说。

蛇尽力做出不是那么愉快的样子。"怎么有一股臭鼬的味儿？"他问。

"哦，蛇，最坏的事情发生了，"臭鼬说，"玛格丽特踩了我的尾巴，我朝她放屁了。"

"这样啊。"蛇说着，斜着眼睛跟弗莱德使了个眼色，"真丢人。"

"难免的事。"弗莱德说。

大家都捡了点儿桤叶荚的叶子，又回到洞里扇起风来——除了麦特和蝙蝠。麦特用蛇蜕下来的皮当扇子在扇风，而蝙蝠则倒挂在天花板上扇着翅膀。菲比打完羊奶回来，看到的就是这样一幅景象。

"你们这是在干什么呀？"她说着放下碗，"有一股什么味道？"

"恐怕是我的味道。"臭鼬说，"我们正在努力通风。"

"蛇！"菲比说，"你回来了。"

蛇的嘴里正衔着一片叶子，含糊地应了两声。

"玛格丽特呢？"菲比问。

"你没看到她？"弗莱德说。

"什么意思？她去哪里了呀？"

"不好意思，是我喷的她。"臭鼬招认道。

"她踩了臭鼬的尾巴。"麦特说。

"臭臭。"双胞胎中的一个说道。

"臭臭臭。"另一个也说。

"菲比，多神奇呀，"芭贝特说，"他们俩忽然就开口说话了。"

换了其他任何时候，双胞胎开口说话这件事都会让菲比高兴不已，可眼下她根本顾不上了。"你就这么由着她走了？"她无法置信地瞪着弗莱德。

"她肯定就是到溪边洗洗干净去了，还不是——"他想说"没让人清静两分钟就要回来了"，忽然良心发现，改口说道："很快就会回来的。"

"她要是摔倒了怎么办？或者碰到了那头熊呢？简直不敢相信你就这样放她走了！"

"亲爱的，说实话，她跑得太快了，我就是想追也追不上。"

"玛格丽特能——跑得快？你觉得我会相信？"

"是真的，"松鼠也来支援弗莱德了，"她跑得可不是一般的快。"

"的确是嗖一下就飞出去了。"臭鼬也肯定道。

"往哪边跑的?"菲比问。

松鼠指了一指,菲比再没说一个字,就朝那个方向冲了出去。

"等等,菲比!"弗莱德喊道。

可她头也不回,弗莱德没办法,只好连滚带爬地跟了上去。

"老天。"臭鼬在这对旱獭的匆忙离去中如梦初醒,"我感觉糟透了。"

"别这样。"芭贝特说。

"是呀,"麦特说,"臭味已经快没有了。"

"可是这整件事都怪我。"

"我看也未必。"蛇嗞嗞地说着,嘴角隐隐有一丝笑意。

十九
又一次闪电

弗莱德追上菲比时,她正在河里拧着爪子上的水,就在离他们俩约会时走过的那架冷杉桥不远的地方。

"真是倒霉!"她说,"我的鼻子全堵住了,什么气味都闻不到。干吗偏偏在今天得了伤风呢?"

因为那个小东西半夜里把泥巴糊在我们身上,弗莱德想。然而他只是同情地吸了吸鼻子,说道:"我也什么都闻不到了。"

"你看到什么动静没?"

弗莱德朝小河的上下游看了看,视线范围内唯一的生物就是那只水獭,他正跌坐在自己的泥巴滑梯下面。弗莱德刚叫了一声,他就冲了过来,黑色的眼睛盯着菲比发光。

"你是芭贝特的妹妹,对吧?"他问。

菲比点点头。"你有没有看到一个人类——"

"她去哪里了?"水獭打断道。

"不知道,所以才来问你呀。"

"芭贝特,我是问芭贝特在哪里?"

"哦,她在山洞里。"

"什么山洞?"

"在山的那一头,可是——"

"山洞,嗯。"河岸边的一个洞里跳出来一只麝鼠。

菲比还没来得及说下一个字,水獭就已经朝山洞那边跑去了,麝鼠紧随其后。这情景很是搞笑,可是菲比这么一副愁容满面的样子,让弗莱德不敢笑出声来。

"也许能找到她的脚印。"菲比郁闷地说。

尽管河岸边满是淤泥,弗莱德还是跟着她一起走了过去。这里没有人类的脚印,倒是有不少其他动物的。他们跟着一串新鲜的浣熊脚印,不一会儿,就看到了一只浣熊正在水里洗着一只青苹果。

"你不是芭贝特的妹妹吗?"浣熊说。

这一回菲比没再急着答话。"你有没有看到一个——"

"她在哪里?"浣熊扔下苹果叫道,苹果落在水里,立刻被冲到了下游。

"听着,"菲比说,"你先回答我们的问题,我再回答你的问题。"

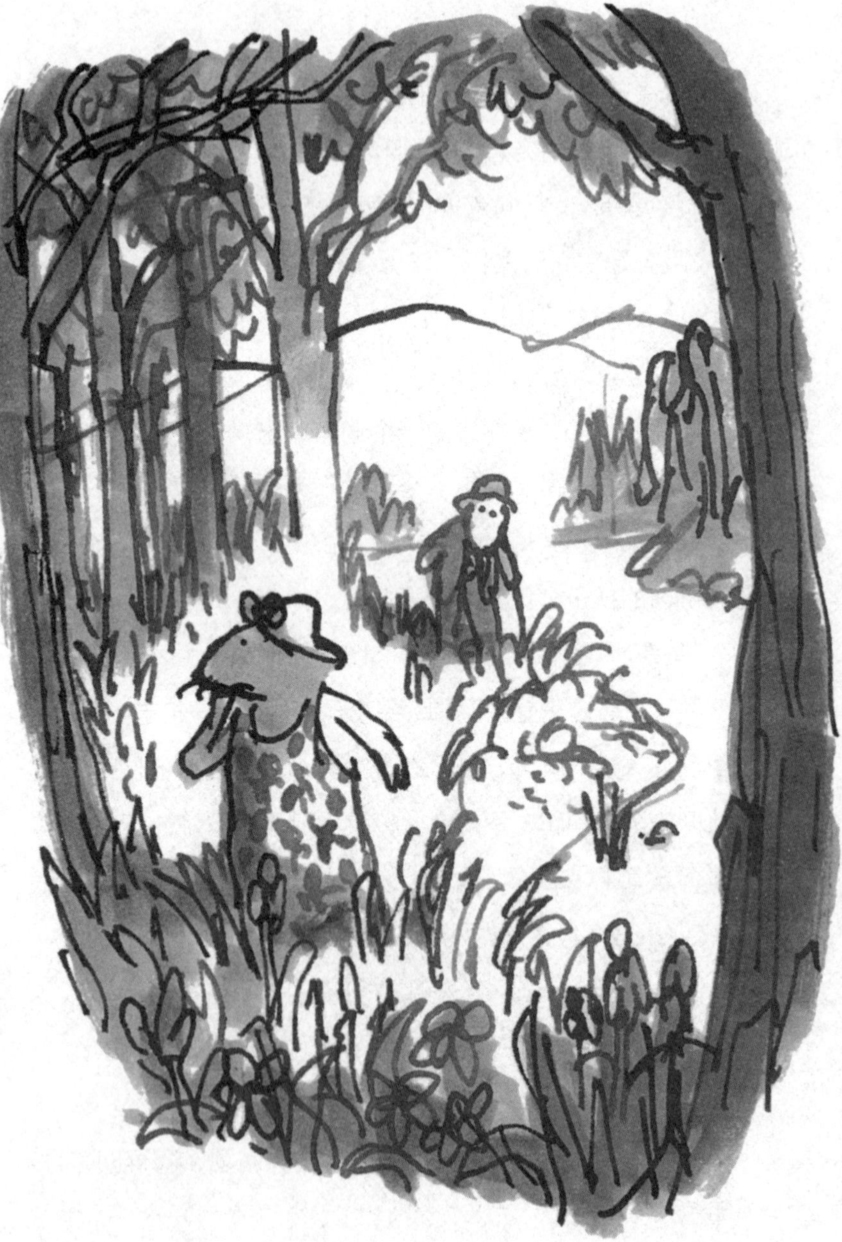

"行啊,放马过来。"

"你今天有没有见到过一个人类小孩?"

"臭臭的那个?"

"对!在哪里看到的?"

"她一头冲到那边的树林里去了。好了,下面告诉我芭贝特在哪里。"

菲比已经冲上了河岸,弗莱德连忙说道:"在山那边的山洞里。"

两只旱獭找到的唯一踪迹就是一些折断的枝条和几朵刚刚碾碎不久的伞菌。他们俩把整个树林里的每一寸土地都搜寻了一遍后,弗莱德建议还是先吃点午饭吧。

"这种时候你怎么还有心思吃东西?"菲比问道。

"不是我要吃,是我的胃需要。"他说着转移了矛头,"亲爱的,你也要保持体力。我打赌这条烂树桩下面有不少肥嫩的蝾螈。"

那条烂树桩的一头已经空了,弗莱德刚把头探进那黑黑的空洞里,就捏着鼻子叫着缩了回来。一只豪猪摇摇摆摆地走了出来。

"哦,豪猪,你有没有看到一个人类小孩经过这儿?"菲比问。

弗莱德很恼火自己受伤的鼻子没人理会,因此,当他听到豪猪回答"喂,你不是芭贝特的妹妹吗?"的时候,都有点儿高兴了。

菲比也像对付浣熊那样跟他做了笔交易，可是这豪猪却只能说出来他听到有什么东西跑了过去，叫得跟只受伤的猎狗一样。于是，菲比又继续搜寻去了，七拐八拐地在山野里一路走着。弗莱德一边拖着疲惫的步子跟在后面，一边还舔着自己受伤的鼻子。她把遇到的每个人都问了一遍：一只胆小的花栗鼠差点儿没躲过一个恶魔魔爪的践踏；一只蟾蜍闻到了一阵臭鼬的气味飘过；一只魁梧的笑脸旱獭——实际上她就是弗莱德在温室碰到过的那位"女汉子"——听到自己的一个小侄子提起过一个狂暴的生物，不过她还以为是小孩子随口说着玩儿的。对菲比来说，谁都值得审上一审：鼹鼠、蜥蜴、树蛙。绝望中她甚至连兔子都问了。但是弗莱德把那个占了他们旧窝的老獾作为最后的底线。

"要去跟他说话也太痛苦了。"他说。

那只提供羊奶的山羊说自己好像听到一串揪心的吼叫往西边飘去了，而最佳线索还是来自芭贝特的另一位仰慕者：就是弗莱德第一次来大树桩下时碰到的那只水貂。作为交换芭贝特去向的条件，水貂把自己看到的一切都告诉了他们——还有闻到的——有个人类小孩爬过草场，朝猪场那边去了。

弗莱德和菲比搜寻起草场来。在干干的草皮上他们看到了蚱蜢，在湿湿的地方则有蜗牛。除此之外，只有一个废弃了的野鸡窝和一个生了锈的油罐子。天快黑的时候，他们到了猪场旁边的荆棘丛那里，弗莱德从一根刺上拨下来一小块衣服碎片。

"好臭。"他伸长了胳膊举着。

菲比一把抓了过来,贴在胸口。"这是玛格丽特睡衣上的。"她喃喃说道。

要说菲比刚才是在发疯般地寻找,那可一点儿也比不上眼下,她沿着猪场的篱笆来来回回地奔跑着,誓要在一片泥污的猪群里找出一丝玛格丽特的痕迹来。弗莱德尽力跟着她的步伐,并开始担心她会崩溃。在草场上的时候他还偷吃了几个蜗牛,但他心里清楚,这一整天菲比一口东西都没吃过。

一声要命的低吼赶走了他心中的担忧。只见一条成年德国牧羊犬从畜棚飞身而出,停了下来,嗅着面前的空气,发出一阵更令人毛骨悚然的吠叫,径直朝他们奔来。

"这边!"弗莱德叫道,一把抓住了菲比的脖子。

他把她拉到了路边的那棵枫树下,就是春天时他在里面躲过雨的那棵枫树。眼看那恶魔的爪子就要碰到大树了,他们俩一缩脑袋钻进了洞里。猎狗不断地向树干进攻,发疯般地狂吠着。弗莱德等着菲比来恭贺他们死里逃生,然而菲比只是盯着树洞外,呻吟道:"哦,弗莱德,要是这只大狗把玛格丽特吃掉了怎么办?"

"狗喜欢人类,"弗莱德说,"人类喂养这种蠢兽——别问我为什么。"

上一次他是被大雨逼到这个破洞里来的,眼下像是中了魔咒般的,雨点又开始敲打着树叶了。接着,远处响起了人类的口哨声,那狗又吼了几声,终于放弃,转身跑开了。菲比还盯着外面,弗莱德也和她一道朝外望去,透过噼里啪啦的雨声,他听到了几声熟悉的嘎吱嘎吱的声音。

"听,"他说,"这声音像是……"

果然,不远处的一根树枝上,一对蝙蝠倒挂在那里。

"蝙蝠!"

"谢天谢地!"蝙蝠太太说,"我们在到处找你们。"

"是吗?"

"大家都担心极了,我们就自发地充当了一个搜寻队。刚刚我好像是听到你们往这边来了,然后就下雨了。"

菲比探出了脑袋。"玛格丽特回去了没?"她屏住呼吸问道。

"还没有,"蝙蝠先生说,"倒是有好几拨人来找你姐姐——真拉风。"

"噢,弗莱德,我就知道她丢了!"菲比哭喊道,"我那可怜的孩子!"

"不管她在哪里,我肯定她还好好的呢。"弗莱德说。

可是说到菲比,他就没那么确定了。菲比的呼吸越来越急促,最后她喉头咕噜了一声,冒出一句"我就知道,这下是再也找不着她了",就晕了过去。

"菲比!"弗莱德大叫一声拉住她。

"老天啊!"蝙蝠先生说道。

"可怜,"蝙蝠太太说,"她真是喜欢那个玛格丽特呀,是不?"

天渐渐黑了,弗莱德小心地把菲比放倒在地上。她是真心喜爱那个孩子。真是只少有的旱獭,他心想,竟然能喜欢上一个那么可怕的人。他拍拍菲比的脑袋,摩挲着她双耳间的毛发。慢慢地,菲比醒了过来,开始啜泣起来。

"我说,我们得赶紧回洞里去了,"蝙蝠先生说,"真正的大风暴还在后面。"

"你们先走吧,"弗莱德说,"跟芭贝特还有其他人说一声,我们没事。"

"那,好吧,回头见。"蝙蝠先生说,"或者确切地说,到时候天就黑得看不见了……"

蝙蝠嗖嗖地飞进了夜色下的雨幕中,弗莱德拉起菲比的一只爪子。"你需要睡个觉了。"他说。

"孩子都丢了,我还怎么睡得着?"菲比呻吟着。

蝙蝠是预报天气的专家。果然,雨越下越大,不一会儿,闪电就照亮了这个树洞,在这短暂的光亮中,弗莱德没有再去理会被啄木鸟弄得乱七八糟的树洞,只看到了菲比可爱的灰色眼睛里闪烁的泪水。

伴随着一阵低沉的隆隆雷声,夜色重又覆盖了上来,弗莱德挪到了菲比身边,轻轻地抚摸着她的后背。过了一会儿,他躺了下来,紧紧地抱住了她。

二十
回家

一个半月之前，把妹妹丢进沟里之后，小六、小七和小八跑回家了。在他们出去的这段时间里，哈勃先生曾被一段吵吵嚷嚷的广告给惊醒过，可他只是摇摇晃晃地走到厨房，又拿了一瓶啤酒。等到三个孩子从前门偷偷溜进来的时候，他已经又对着电视机睡着了。小六、小七和小八蹑手蹑脚地爬上楼，躺回了自己的床上。

第二天早晨，哈勃太太来叫他们起床的时候，一眼就看到了那架空荡荡的婴儿床。

"小妹妹到哪里去了？"她问。

小六、小七和小八揉揉眼睛，无辜地眨了两下。

"这可问倒我了。"小六说。

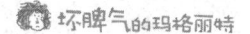

"我也是。"小七说。

"我也倒了。"小八说。

"肯定是爬出去了。"哈勃太太说,"不知道她有没有那个本事一路爬到厨房去。"

"哎哟喂,那冰箱要被吃空了!"小六的声音听起来十二万分焦虑。

可是小家伙不在厨房里。她就不在这个家里。哈勃太太到处都找遍了,就连洗衣机里都找了,最后上楼回到了她和哈勃先生的卧室。

"哈勃先生,"她叫喊着把他摇醒了,"萨莉不见了!"

"谁?"哈勃先生嘟囔着,他中午之前都会有点儿起床气。

"萨莉。萨莉不见了。"

"小九?"他咕哝了一句,"嗨,那不是省事了。"他翻了个身又要睡。

可哈勃太太不让他睡了。后来,在他们找遍了整个街区、又报了警之后,哈勃先生为自己早上的第一反应羞愧起来。这可是他的小女儿,他女儿被绑架了!

"可是人家偷我们的孩子干吗呢?"他问妻子,"我们这

MEAN MARGARET

么穷,根本付不起什么赎金。"

"没错,哈勃先生,她肯定是半夜自己跑出去了。"

"哦,老天,"他内疚地想道,"那会儿我在电视机前面打瞌睡呢。"

可怜的哈勃先生想尽了一切办法。警察什么也没找到,他就自己组织了一个搜救队。他和哈勃太太把走失孩子的告示贴满了每一根电线杆和每一个电话亭,可没有一个人联系过他们,孩子也没自己回来。

一开始,小六、小七和小八还会跑出去在告示上画胡子。日子久了,小妹妹会回家的威胁越来越小了,他们就渐渐扔下了画笔。在秘密的树屋里,大家断定是有狼或者熊什么的看到了沟里的妹妹,把她给吃了。他们并没有多少悔恨的念头,毕竟,没了她,日子要好过多了,晚饭他们都能吃得多些。

有那么一阵子,他们吃了不少东西。哈勃先生和太太彻底没了胃口,他们的饭菜都给孩子们瓜分了。哈勃先生把这整个悲剧都怪到了自己头上,他要不是醉成那个样子,就不会听不到孩子开门关门的声音了。于是，他戒了酒。

一个星期他就瘦了十三磅，哈勃太太瘦了八磅。两个星期他一共瘦了二十五磅。他恢复了早起的习惯，三个星期以后他又去找以前的工作，又被雇回去了，现在他爬梯子不会上气不接下气或者把横档给踩断了。

孩子们放假了，哈勃先生和太太制定了一个暑期计划。哈勃太太上午上班，哈勃先生下午上班，这样家里就会一直有人看着孩子们了。他们开始从图书馆借来讲节食和营养的书，并开始去健康食品商店买东西了。他们再也不吃薄饼蘸糖浆和培根当早饭了，现在他们早餐都吃格兰诺拉麦片和果汁，午饭是酸奶和水果，晚饭则是鱼和沙拉。哈勃先生的老表，开养猪场的那位，告诉他们有一大块培根肉在打折的时候，哈勃先生只是说："不好意思，汉克，我们不要。"

在短短一个月之内，他们的生活发生了惊人的好转。这都是因为那个丢失的女孩！哈勃先生和太太在回忆时越发地多愁善感起来，他们忘记了她爱吼叫又爱抢东西，说起她的时候一副神往的口气，好像她是个圣洁的小天使。他们说话也用起了过去时态，他们已经放弃今生再见到她的希望了。他们甚至还准备祭奠的事宜。

在祭奠的前一天，黄昏的时候，他们家的车道上开过来一辆小货车。

"爸爸，是猪场的车！"他家的两个孩子齐声叫道。

"哈勃先生，你老表又来介绍优惠信息了。"哈勃太太说,"别再听他推销那些垃圾食品了。"

哈勃先生走了出去,打算请回汉克。可是汉克不是来推销什么优惠信息的,他手里抱着一个又肥又脏的孩子。

"这是不是你们家丢的那个?"他问。

哈勃先生自打戒了酒之后就再没昏倒过了,这一回差点又昏了。半是因为惊奇,半是被那股恶臭给熏的。

"死了?"他说。

"不,没呢,我看就是累了。我在猪圈里找到她的,跟一群猪在一起。是你们家的吧?"

"嗯,我——"

"那就得了。"汉克说着松了一口气,赶紧把这臭臭的家伙脱了手。

哈勃先生一时说不出话来。事实上,怀里的这个孩子臭成这样,一时间他连呼吸都快没了,最后好容易才磕巴着挤出一句"谢谢"来。

"小事一桩。"汉克说,"要来点猪肘子吗?"

"呃,暂时不要了,汉克。"

哈勃先生把孩子抱进厨房的时候,引起了一阵不小的轰

动：哈勃太太尖叫一声，扔下了手里的一篮子生菜叶，最大的儿子叫了一声"咦哟"，最大的女孩子飞奔到楼上放起了洗澡水，小六、小七和小八则赶紧从后门逃了出去，躲到了树屋里。而这一切都没能把那个孩子吵醒，她这一天做过的运动比她有生以来所有的运动加起来都多。

那浓烈的臭味帮了哈勃太太一把，让她从失而复得的狂喜中苏醒了过来。

"哈勃先生，你是说她在猪圈里被发现的？这味道闻起来怎么还要……"

"嗯，还要难闻。我发誓我还闻到了一点臭鼬的味道。"

好在他们如今戒掉了软饮料,家里存着的都是各种果蔬汁了,因为番茄汁正是洗掉臭鼬味道的最佳办法,他们家冰箱里正好就有一罐儿。哈勃太太把小九平放在厨房台面上,把她擦擦干净,又拿番茄汁给她浑身抹了个遍。这花了哈勃太太不少工夫,有好多地方都要擦拭到。自从失踪以来,小九身上可长了不少肉。

涂满了番茄汁之后,哈勃太太用一块毛巾裹起小九,叫来丈夫一道把她抬到了楼上的浴缸里。他把小九放进热气腾腾的水里时,小九醒了过来,开始嚎叫起来。"哈勃太太,我还是去把婴儿床加工一下吧。"哈勃先生说着,他已经忘记了小女儿的音量有多大了。

他叫最大的那个男孩和他一道把婴儿床拿下了楼,他们去了车库,零件和工具都在那里放着。不到一个小时,他就把栏杆的高度调高了一倍,以防这孩子再半夜跑出去。

等他和儿子把婴儿床拿回屋子里的时候,哈勃太太已经准备好晚饭了:有鳕鱼、无脂软干酪和沙拉。大家都坐在桌子边了,除了小六、小七和小八。而那位"贵宾"则挤在宝宝餐椅里,瞧着干干净净的,却略显虚弱。

"太棒了。"哈勃太太看着改装过的婴儿床说道,"你上楼的时候把没来的那几个叫下来吧,嗯?真奇怪,他们一般都是最先下来的。"

这一番洗刷让今天的晚餐迟了一个小时,即便如此,当哈勃先生去叫人的时候,也没见小六、小七和小八来应答。

"一定是在他们那个树屋里。"他下了楼,哈勃太太说。

一走进后院,哈勃先生就知道太太说得没错。"吃饭啦!"他叫道。

"我们不饿。"小六回道。

"别傻了,"哈勃先生说,"你们总不能就在那里一直待下去。"

"我们喜欢这里。"小七说。

"随你们便吧。"哈勃先生说。

他刚转身关上门,就开始下雨了。没过一会儿,一道闪电划破了天空。几乎同时,隆隆的雷声也滚了过来。

"哎哟,"小八说,"差点打到我们头上了。"

"我不管,"小七说,"等那个小崽子把我们供出来,爸爸妈妈就得杀了我们了。"

"是啊,"小六附和道,"淋点儿雨总比死了好。"

很快他们就都淋湿了。雨水径直从树屋顶棚的缝隙间冲刷下来,没一会儿,又是一道闪电。三个孩子紧紧抱成一团,好像闪电沿着脊椎刺了下来——直到听见那声不妙的咔嚓声,他们才意识到这闪电正劈中了他们的树屋。

二十一
晚安吻

小六、小七和小八前脚跳下树屋,后脚就见树屋倒了。惊恐中,他们冲过后院跑进了厨房,一家人正坐在那儿吃着晚饭。

"三只落汤鸡,三只落汤鸡。"见他们这样浑身湿淋淋地站在门垫上,一个姐姐唱起了儿歌。

"可怜的孩子,"哈勃太太说着,从桌边跳了起来,"快把湿衣服换掉。"

她领着三个孩子回了房间,帮他们换上了干净衣服。这三个人都坚称自己被闪电吓坏了,没胃口吃饭,可哈勃太太说着"别说傻话了",就带着他们回到了厨房。

小六、小七和小八刚坐下来,小九就来了精神。她板起

面孔,用手挨着个儿地把他们指了一遍,说出了回家以来的第一句话:

"他们把我扔到了沟里!"

"什么?"哈勃先生问。

"她在说什么呀?"哈勃太太问。

"他们把我扔到了沟里!"那孩子叫道,"就是那天夜里!"

"你能听懂她说的是什么吗?"哈勃太太说。

"一个字都没明白。"哈勃先生说,"就是些叽里呱啦的。"

在愤怒和沮丧之中,小九的脸涨得通红。她还能听懂他们的话,可她已经说了这么久动物的语言,舌头都转不过弯来,不知道要怎样说人话了。

小六、小七和小八的胃口奇迹般地恢复了。

"妈妈,味道不错。"小六说。

"是呀,鱼还行。"小八说。

"哇哇哇哇!"那孩子乱叫着吐出一口白干酪,"难吃!"

"我看她不大喜欢吃这个。"哈勃先生说。

"萨莉,吃口这个沙拉。"哈勃太太说。

那孩子用手背把盘子里的菜叶都扫开了。

"哦,老天,"哈勃太太说,"那尝尝鳕鱼呢?"

那孩子尝了一口,却不喜欢那股鱼腥味,一口吐了出来。她巡视着桌子,想抓点儿好吃的来,却没有一样对胃口的。

"我要蜂蜜!"她喊道。

"她说什么?"哈勃太太说。

"我看她不大喜欢低卡路里的食物。"小六说。

"嗯,那她得学着适应了,"哈勃太太说,"都不知道她到底是怎么长这么胖的。"

"我想知道她究竟去了哪里。"哈勃先生说,"孩子,能告诉我们你都去了哪里吗?"

"在一个山洞里，跟一对旱獭，还有蝙蝠、松鼠和一只臭臭的臭鼬以及一条恶心兮兮的蛇住在一起。"

当然了，大家一个字都没听懂。

"明天早上一起床就带她去米尔斯通医生那里，"哈勃太太说，"她得打好几针疫苗才行。"

"那是肯定的，"哈勃先生说，"我这辈子还没见过这么脏的人。"

"还这么胖。"小七说着，偷偷掐了一下小九的屁股。

"啊哟！"

"瞧，吵闹依旧。"小七评价道。

哈勃家在吃过饭后还是会看电视，不过现在只看一个小时左右，也不吃淋了黄油的爆米花了。那天晚饭吃得有点儿迟，所以连看电视也省了。通常哈勃太太做饭，哈勃先生就洗碗，可那天晚上一喝完水果酒，哈勃先生就和几个大一点儿的孩子打着手电筒去后院检查损失去了。风暴已经平息了，地上散落着从树上打下来的叶子和枝丫，还有遇难的树屋残骸。

哈勃太太直接打发小六、小七和小八上床去。叫他们惊奇的是，妈妈把小九也托付给了他们。

"快去刷牙，每个人都要刷，"哈勃太太说，"我洗完碗就来检查。"

于是小六、小七和小八把小九拖上了楼，狠狠地给她刷了遍牙，然后把她放到了床上，关上围栏，又吓唬了她一句，关上了灯。

可怜的孩子,她睡下来头一件事就是去检查枕头下面,她藏在那里的花生酱小饼干已经不见了。她又打量了一下床的栏杆,太高了。她想要从床角的柱子间爬出去,可是她又太胖了。她想把围栏放下来,她那肥肥的手指头却掰不动门闩。最后她就坐在床上,从小床的牢笼里向窗外望去。窗外一丝云彩都没有,街灯和月亮都看得清清楚楚。月亮是蜂蜜的颜色,啊,她现在可真饿!她这一路上为了逃离那可怕的味道,跑啊爬啊,好像赶了有一百英里的路。她被刺戳了,被猪拱了,结果到头来,她吃上了什么呢,就是一些一点味道都没有的难吃的东西。然而,她只要一叫唤,他们就会捂死她。她无声地抽噎起来,想起山洞来,想起山洞里甜美多汁的莓子,比莓子还要甜的蜂蜜,还有鞍前马后伺候她的动物们。

不一会儿,她睡着了,梦见自己仍睡在山洞里的树叶床上,手边不远处就是一块蜂窝,就在她伸手要去拿的时候,她听到了吱呀一声。是蝙蝠回来了?她睁开眼睛,看到妈妈放下了小床的栏杆。

"我是来说晚安的,"妈妈轻声说道,"萨莉,真高兴你回来了。"

"玛格丽特。"那孩子说道。

"什么?"

"玛格丽特!"那孩子憋足了劲,用人类的语言说道。

"声音小点儿行吗?"小六说。

"可她在说什么呀?"哈勃太太说,"你们谁能听明白?"

"好像是什么'买白鸽'。"小八迷迷糊糊地说。

"玛格丽特!"那孩子重复道。

"玛格丽特?"哈勃太太说,"你是说玛格丽特?"

她拼命点头。

"可是你的名字叫萨莉呀。"

"不,玛格丽特!"她执拗地说道。

"好吧,既然你这么坚持的话……晚安,玛格丽特。"

哈勃太太弯下身子,给了玛格丽特一个晚安吻。

二十二
搜寻

就在妈妈给了玛格丽特一个晚安吻的时候，在树洞里，弗莱德也给了菲比一个晚安吻。更妙的是，弗莱德甚至还用胳膊环着菲比，打起了瞌睡。一切都充满了奇妙的宁静，雨珠打在枫叶上的滴答声也是不紧不慢的，菲比竟然就这样睡了过去。

可她没睡多长时间，就被一阵恐怖的寂静给惊醒了，那可怕的感觉又涌上了心头。他们的孩子丢了！

"弗莱德，雨停了。"

弗莱德迷迷糊糊地抬起脑袋。

"我们得回家了，"菲比说，"搞不好玛格丽特已经摸黑回去了。"

听到她把那个挤满了动物的、脏兮兮的山洞叫做"家",弗莱德不禁汗毛倒竖。然而经过这一天没完没了的搜寻之后,他已经美美地睡了一觉,这个树洞也算不上什么理想的住处,再说他看得出来,菲比已经下定决心要走了。

"好吧,至少那只笨狗现在应该已经睡着了。"他嘟囔着,拖着身子起来了。

出了树洞下去之后,他们发现外面一点儿都不黑。事实上,云都被风吹散了,月亮升了上来。要不是草场上的草皮都湿透了,这一趟回家之旅倒也还算愉快呢。

山洞里熟睡的动物中,并没有玛格丽特。弗莱德一点儿也没有为此心碎,这下他就不用赶着破晓去取蜂蜜了。他把菲比拉到了两人睡觉的角落里,用胳膊搂着她,很快又睡了过去。

菲比可没有睡,她躺在那里,思念着玛格丽特的鼾声。当蝙蝠出去进行他们神秘的夜间活动的时候,她醒着,过了几个小时他们回来了,她还醒着。

"有没有看见她?"她轻声地问。

"抱歉。"蝙蝠太太说。

第一缕曙光照进来了,菲比从弗莱德的怀抱里溜出来,蹑手蹑脚地走到洞外。山洞的墙壁上还缭绕着一丝淡淡的臭鼬味道,然而在这外面,经过昨夜的一场风暴,一切闻起来都是如此清新。她跪在那里,向母亲的神灵祈祷,祈求能看到玛格丽特爬回来,再听到那孩子喊叫着"饿了,要吃的!"

的声音，可她看到的只有太阳从湿漉漉的灌木和树丛后闪耀着升起，听到的只是鸟儿的啁啾。

过了一会儿，一只手按在她的肩膀上。

"亲爱的，你一夜没睡？"弗莱德温柔地问。

"我太担心了。"

"我肯定她不管在哪儿，都好得很。也许猪场里的那些人把她带进屋了。"

"可要是没有呢？要是她迷路了，或者受伤了呢？"

"呃……我们可以去看看他们找到她没有。"

她握住弗莱德的手，既惊讶又感激。

弗莱德曾满心希望昨晚就是他最后一次看到猪场了，可今天他们却花了一天的时间在那里监视，想要看到玛格丽特的身影。他们看到了无数次那只狂吠的狗、几十只猪和好些猫——有一只连尾巴都没了。说到人类，他们只看到了两个穿着泥靴子的大男人。

太阳下山了，菲比闷闷不乐地跟着弗莱德回到山洞，接着又发现玛格丽特并没有在这段时间里回山洞，于是她彻底崩溃了。那天夜里，弗莱德紧紧地搂着她，一点儿也不介意她的眼泪打湿了他的皮毛。

第二天，他们又扩大了搜寻的范围。他们爬到了山顶，把整个乡村都看得一清二楚。

还是没有玛格丽特的影子。菲比反复盘问了乌鸦和麻雀,没有一个人见到过她。那天下午,她一路拖着弗莱德去了温室,然后当她满怀希望地看向通往镇上的那条马路时,弗莱德赶紧拦住了她。那个镇子可是出了名的车多狗多。

他们俩筋疲力尽地回到了山洞,发现其他的动物给他们准备了一顿丰盛的晚餐:有苜蓿、萝卜叶,还有一根玉米。弗莱德立刻埋头吃了起来。

"这玉米真新鲜!"他喊道。

"是蝙蝠从一个路边摊弄来的。"松鼠说。

"那场面可真叫壮观,"臭鼬说,"他们列队飞回来的。"

"菲比,快来尝尝,"弗莱德说,"我还没吃过这么甜的玉米。"

出于礼貌,菲比尝了一粒,说了一句味道好极了,就再也不吃了。

"菲比，吃一点儿吧。"芭贝特说。

"抱歉，"菲比说，"我没胃口。"

好在那一夜她总算睡着了。

第二天天刚亮，菲比和弗莱德还在熟睡的时候，松鼠轻手轻脚地起床了，小声地把其他动物都叫了起来，说在外面碰个头。蛇还在那里消化他自打早春时候就在追捕的一只棕色蛤蟆，他睁开了一只眼睛，嗞嗞说着叫大家别管他。可当他看到芭贝特跟大家一道出去了，就决定还是随大流吧。多亏了那一队动物大军的来访，这些日子芭贝特都没怎么注意他了，这原本是件好事，可他却发现自己有一点奇怪的不舒服的感觉。

"抱歉这么早就把大家叫醒。"松鼠正说着,蛇也赶到了,"可我实在是很担心菲比。"

"我也是,"臭鼬说,"她情绪这么差。"

"长这么大都没见过她这样。"芭贝特说。

"我们应该帮帮她。"松鼠说。

"怎么帮?"蝙蝠太太说,她和丈夫一起倒挂在旁边的一棵漆树上。

"帮她找到玛格丽特。"

这个名字在众人之中引起了不同的反应。麦特不由自主地蜷成了一个球来保护自己,蛇打了一个响亮的嗝儿,就好像那只蛤蟆要从喉咙里跳出来一样。双胞胎中的一个说:"臭臭。"另外一个说:"臭臭臭。"

臭鼬叹了口气。"也算上我一个吧,我得为这整件事情负责。"她说。

"我看我们也能帮上点儿忙。"蝙蝠太太说,"不过说实话,我觉得希望不大。"

"只是告诉菲比我们都在支持她。"松鼠说,"好了,这算是一致通过了?"

"我可不要浪费时间漫山遍野地去跑,就为了找这个爱踩人尾巴的小混蛋,"蛇说,"就这么着。"

"那我们也够组织起一个搜寻队了。"芭贝特说,"我可以再叫些朋友来帮忙。"

于是那天早晨之后,弗莱德和菲比照常出去找玛格丽特时,其他的动物也出去了——就连蛇也去了。不知怎的,他不喜欢听到芭贝特说要把她那些朋友叫来帮忙,就是那些水獭、麝鼠、浣熊和那只爱出风头的豪猪什么的。搜寻小分队分头行动,找遍了每一块石头和每一棵树,找遍了每一条沟,每一条溪流的上游和下游。可是哪儿也没见到玛格丽特的踪影。

就这样过了一个星期,菲比也渐渐要放弃希望了。再没有一丝发现了,就连睡衣碎片也没再找到一块。

最后搜寻队解散了,动物们又恢复了日常的生活。芭贝特让出了自己的位置,好让菲比感觉自己也是孩子们的妈妈。

"他们喜欢你比喜欢我还多。"芭贝特说。

可是不管怎样,菲比知道自己只是孩子们的阿姨。她曾有过一个自己的孩子,一个她全心全意去照料的孩子,可这一切都结束了——一切成空了。她只剩下了一个安慰:弗莱德。他变了。好像蜕了一层皮的不是蛇,而是弗莱德。每天他都跟菲比保证,不管玛格丽特在哪里,她都是平安健康的。每天晚上他都紧紧地搂着菲比,再也不在乎自己的皮毛了。

日子一天一天过去,菲比发现自己越来越盼望晚上了。

二十三
回家之旅

玛格丽特的确平安健康,可她并不快乐。爸爸妈妈给她吃的食物是那么难吃,每天晚上吃过晚饭,妈妈就把她扔进浴缸里,然后她就被困在那架牢笼一样的小床上了。

她开始怀念起山洞里的动物来——尤其是那两只旱獭。每当看到自己的泰迪熊,她就想起在洞穴外面看到过的那一只大的。不知怎么回事,只有到了现在她才意识到,是那两只旱獭把她从熊口下救了出来。只有到了现在——哥哥姐姐对她是这样刻薄——她才意识到自己对那些动物有多刻薄。有段时间她不大想学人类说话了,更愿意用动物的语言自言自语。她甚至开始期望自己能有办法报答那两只旱獭为她所做过的一切,可是她怎么才能做到呢?

几个星期之后，有天晚上，她决定躲在床底下以逃过洗澡。吃过晚饭她就直接上楼了，走到一半的时候，她听到妈妈在喊：

"哈勃先生，快来看！她会上楼梯了！"

是真的，她扶着楼梯的栏杆，正自己一步一步上台阶呢。其实这也没有特别难，她最近没有胡吃海塞那么多东西，已经瘦了不少了。

第二天早上，她自己爬上了餐椅。爸爸说："嗨，玛格丽特，你真可爱。"

"真的吗，爹爹？"

"好孩子！"哈勃先生说着，高兴极了，"这就不是叽里呱啦了，很快你就能告诉我们你是怎么丢的了。"

的确如此，不管她有多思念那些动物，她已经又开始熟悉起人类的语言来了。

不用说，这个进步也让小六、小七和小八担心起来。他们的树屋没了，只能躲在车库后面商量行动计划。

他们讨论了各种办法，最后达成了一致。既然玛格丽特说话越来越清楚了，他们决定今夜就要行动了。

他们三个穿戴整齐地上了床。过了好久，等其他人都睡着了，他们从被子底下钻出来，围住了婴儿床。

小六从栏杆之间伸进去一支铅笔，把玛格丽特捅醒了。"你，给我听着，"他说，"要是你把我们供出来，我们就再把你扔到两倍远的地方去。"

玛格丽特眨了眨眼睛，适应了月光，接着摇了摇头。

"你不会把我们供出去？"小七问。

玛格丽特摇摇头。

"那你要怎样？"小六怀疑地问。

"回沟里。"

"你想要回我们扔你的那个地方？"小八问。

玛格丽特点点头。

"为什么？"小六问。

"就想去。"玛格丽特说。

小六、小七和小八在房间的角落里开了一个秘密会议，又回到了小床前面。

"你想什么时候回去？"小六问。

玛格丽特看了看窗外的满月，说："就现在？"

小六、小七和小八觉得这个夜间探险的主意很诱人。小八把围栏放了下来，好让玛格丽特爬出来，小七给她穿好衣服，小六把她抱下了楼。他们从地下室的楼梯顶部那里把手电筒拿了回来——原本就是打算从这里把她推下去的。大家偷偷地走出了屋子，小六背着玛格丽特。

走了半条街,小七换下了小六。

"天哪,还好你减了肥。"轮到小八的时候,他说道。

就这样一路轮流着,他们背着玛格丽特走上了乡间小路,走过了一个温室,穿过了草地和一些树丛,最后来到那条沟边,小七把她放了下来。

"现在要干吗呢?"小六问。

玛格丽特蹒跚着走过一棵鬼影幢幢的白桦树,来到了一个洞口。他们仨一路跟在后面。玛格丽特听到过弗莱德感慨这洞被一只老獾给占了,于是她把脑袋伸进去喊道:

"喂,醒醒,老獾!"

"你在说什么呀?"小六问。

"动物的话。"玛格丽特说着从洞口的小丘那边退了回来。

"瞎说。"小八说。

"那你说的是什么意思呢?"小七问。

"醒醒,老獾。"

"对,没错。"小六说。

一只老獾伸出了脑袋,小六惊讶得把手电筒掉在了地上。

"你要干吗?"那老獾咕哝着,"这大半夜的。"

"走。"玛格丽特说。

"你说什么?"老獾说。

"这里是旱獭的家,"玛格丽特说,"你得走。"

"你还想把我赶走不成?"

"是我们。"

MEAN MARGARET

"你现在又在说什么呀?"小七兴奋地问道。

"我在叫它走。"玛格丽特用人类的语言对他们说。

直到这时,那老獾才发现这孩子身后隐约还有三个身形更大的人类身影。獾是强壮而又倔强的动物,可他们的爪子更适合打洞而不是打架,一个小孩他还能对付,大半夜的来了四个，他就吃不消了。

"反正我也不喜欢这里了。"他嘟囔着，摇摇晃晃地走了。

"简直不能相信！"小八说，"它走了！"

"你还真能跟动物讲话啊。"小六说着，用手电筒照向玛格丽特。

"现在怎么办？"小七问。

玛格丽特拿过手电筒，弯腰爬进了洞里。那只老獾也不是个好住户，客厅比她离开的时候好不了多少，卧室也还全是泥巴。她把手电筒插在肮脏的地上当落地灯用，从卧室里捧了一把泥土，拿到外面去了。

小八是他们三个当中个头最小的，他挤进了门口的过道里，开始从玛格丽特的手上接过泥土，再递给其他人。就这样，清理工作进行得很快，卧室又变回了卧室。玛格丽特给旱獭整理了床铺，接着又把那些散了架的家具拿了出来，叫哥哥姐姐帮着她修，最后，她把沙发和椅子拿了回去，尽力摆放好。

最后她终于彻底从洞里出来了，整个人都脏兮兮的。她又把门口小丘上的鸟粪清理了一下，便朝小溪走去。

"你把手电筒落在里面了。"小六说。

玛格丽特继续朝前走着。

"喂，我够不着那个。"小八说。

玛格丽特转过身来，摇摇头。她决定要把那个手电筒留下，以代替被她吓跑的那罐萤火虫。

"爸爸要是知道了，会活剥了我们的皮！"小八说。

玛格丽特只是耸耸肩膀，继续朝小溪那边走去。过了一会儿，小六大笑起来："你还别说，这孩子胆子真不小。"

大家都来到了小溪边，小六、小七和小八洗干净了手，又来给玛格丽特擦洗。

"接下来呢？"大家都洗得干干净净了，小六问道。

"山洞。"玛格丽特说，她想告诉旱獭一声洞穴的事情。

"什么山洞？"小七说。

小八打起了呵欠。"我困了。"

"我也是。"小六说。

"我也也是。"小七说。

"我也也也是。"玛格丽特说。

大家一起笑了起来。

"瞧，玛格丽特，你也不是那么坏嘛。"小七说。

玛格丽特笑了。

"要是她想去看看什么山洞，我们就去看看什么山洞。"小六说，"搭个车怎么样？"

"好玩儿！"玛格丽特说着，爬到了小六的背上。

玛格丽特朝山头上指去，大家便朝那边进发了。这段路有点崎岖，一棵白杨树在月光下婆娑着，他们在树下歇了一会儿脚。正要起身的时候，玛格丽特听到头顶上传来一阵窸窸窣窣的声音。

"是蝙蝠？"

一对蝙蝠停在了这银色的树枝上。

"玛格丽特?"蝙蝠太太惊讶地叫道。

"是我。"玛格丽特说。

"老天,我们到处找你。唉,你走了之后菲比难过得不得了。"

"真的?"

"她有好多天连一根草都没吃过,"蝙蝠先生说,"就连苜蓿都不吃了,全都倒掉了。"

"不过别担心,"蝙蝠太太说,"她最近好转了。事实上,最近她吃得比平时都要多。"

"哦。"玛格丽特说着,有一点小小的失望。

"事实上,"蝙蝠太太说,"她在吃两份的量——至少是两份。"

"什么意思?"

"他们有了。"

"有了什么?"

"小宝宝,弗莱德和菲比要有小宝宝了。不过来吧,他们见到你肯定高兴坏了。"

忽然,玛格丽特恼火地跺起脚来,就像她以前踩别人尾巴的时候那样。如今她正想要给旱獭做点什么事,他们却已经找到替代品来代替她了!

那对蝙蝠却看不到玛格丽特的小怒火。"来吧?"蝙蝠太太还在欢快地邀请她。

"不去！"

"不去？那，我们捎个口信什么的吧？"

玛格丽特生气地摇摇头。当然了，蝙蝠也没法儿看见这个。他们还在那里等着，玛格丽特的怒气渐渐平息了下来，转化为悲伤。"他们的洞搞好了。"最后她说了这么一句。

"我以为有只老獾住进去了呢。"蝙蝠太太说。

"走了。"

"明天早晨一起来就对他们说,菲比要是知道你还活得好好的,肯定放下心了。还有什么吗?"

玛格丽特又摇了摇头。不过眼看蝙蝠要飞走了,她又喃喃了一句:

"再说一句'谢谢'。"

"什么?"蝙蝠先生问。

"说'谢谢'。"

"啊哈,"蝙蝠太太说,"我一定不会忘记告诉他们这个的。"

蝙蝠飞走了,消失在夜色里。玛格丽特叹了口气。

"真不敢相信。"小六敬畏地说道。

玛格丽特环顾四周,看到哥哥姐姐都目瞪口呆地看着自己。

"她还能跟蝙蝠说话。"小七说。

"太神奇了。"小八说。

"好神奇的孩子!"小六说。

就这样,玛格丽特那伤心的情绪也随着蝙蝠一道飞向了空中。旱獭要有小宝宝了,她为什么要难过呀?她自己不也有一个家吗?

"不去山洞了。"她说。

"你是说我们可以回家睡觉了?"小六问。

玛格丽特点点头。

MEAN MARGARET

"太好了。"小八说。

"走吧。"小七说。

三个大孩子把他们那令人惊奇的小妹妹架在肩膀上，在月光下朝家走去了。

二十四

小耐心

蝙蝠每天夜间出巡,再飞回山洞里的时候都已经很累了,可他们从来不会马上就睡觉。这是一天中他们最喜欢的时刻。倒吊在天花板上,看着其他的动物都静静地睡在下面,他们会来点儿蝙蝠之间的闲聊,收拢的翅膀互相触碰着,尽量压低着叽叽喳喳的嗓音。通常说的都是关于吃食的问题——今天捉到的那几种昆虫在肚子里消化得怎么样了之类的,然而今夜,他们的话题是玛格丽特。

"你觉不觉得她变和气了?"蝙蝠太太说。

"是呀,我也觉得。要不要叫醒菲比告诉她?"

"不,亲爱的,她需要休息。别忘了,她是在为两个或者更多的旱獭睡觉。"

MEAN MARGARET

蝙蝠终于打起了瞌睡，山洞里一片静悄悄——只偶尔有一阵微风拂过，带起玛格丽特曾经睡过的小床上几片干干的树叶。就在天快亮的时候，一只花枝招展的帝王蝶飞过了山头，飞进了山洞里，她没有多作停留，熟睡的动物们也没有一个醒来看她一眼。

太阳升起来了，一缕柔和的玫瑰金色光线洒满了山洞，菲比睁开了眼睛。最近，她总是这里最早一个醒来的，每天早晨她都觉得自己像在做梦一般。可是她没有，她的肚子的的确确大起来了！

每天早晨，都是兴奋和一种奇怪的不适感让她醒来——一种她并不排斥的感觉。事实上，这不适竟给她带来了一份快乐。可今天早上，那种不适没有了，取而代之的是一种快要爆炸的感觉。

弗莱德就窝在她的身旁，自从玛格丽特走了以后，他每晚都是如此。菲比轻轻地拍了拍他的肩头。

"亲爱的，不好意思，把你给叫醒了。"她轻声说道，"你能不能去叫一下芭贝特？"

弗莱德坐了起来，眨巴了几下眼睛。"该不会是……"

菲比点点头。

弗莱德着急忙慌地往山洞另一边芭贝特的角落里跑去，不小心踩到了熟睡的花纹蛇的尾巴。

"哎哟！"

"哦，是你啊，蛇。对不起。"

"旱獭?"蛇摸不着头脑地说道,"天哪,我还以为自己是在做噩梦,又碰上了玛格丽特呢。你这么着急干什么呀?"

"哎……"弗莱德朝菲比那边歪了歪脑袋。

"要生了?"

弗莱德点点头。蛇一下子脸都白了,把脑袋埋到了树叶底下。

弗莱德也恨不得能跟他一样。不过幸运的是,芭贝特没这么惊慌失措,对这种事情她算是经验丰富了。很快,她就在菲比的身边给她打气,指导她一些要诀了。弗莱德站得远远地瞧着,每当菲比痛苦地叫一声,他就浑身一紧。不过没多久,芭贝特就抱了一个浑身没毛的小东西放在菲比的手掌之间。就只有一个,不过好歹健健康康,粉粉嫩嫩的。

弗莱德松了一口气,骄傲得满脸放光。"好了。"他说着推搡了一下蛇,后者这才把脑袋从树叶底下抬了起来。

菲比痛苦的叫声也吵醒了臭鼬,臭鼬叫醒了松鼠,松鼠叫醒了麦特和双胞胎。大家全都围在角落里,欣赏着这个新生儿。

"简直太神奇了。"臭鼬说。

"他好可爱!"松鼠说,"还是应该说她?"

"当然是她啦。"芭贝特说,"这你都看不出来?"

松鼠太高兴了,一点也不觉得窘迫。"她长得可真漂亮。"他说。

"可不是嘛,大家说是吧?"弗莱德说。

"迷死人了。"臭鼬说。

"真是小，"蛇评价道，"还不够一口吞的。"

"蛇！"松鼠叫道。

"故意拖后腿逗你玩儿的。"这位没有腿的家伙说道。

"我刚出生的时候也是这样的吗？"麦特问。

"差不多。"芭贝特说。

"哎哟。"他说着做了个鬼脸。

"给我们瞧瞧，给我们瞧瞧！"双胞胎叫道。如今他们俩成天叽里呱啦地说着话了。

"你们瞧瞧怎么样？"弗莱德把他们俩拎起来，让他们看个够。

"哇哦！"他们说。

"生命的奇迹最为震撼，是不是？"臭鼬说。

"是的是的。"双胞胎附和道——虽然他们俩脑袋里想的是，最震撼的事情就是如今他们已不是山洞里最小的宝宝了。

而所有人之中，最开心的就是菲比了。臂弯里抱着自己亲生的孩子，她高兴得就要说不出话来了——直到松鼠想起来，问了一句这个孩子叫什么名字。

"玛格丽特。"她说着伸出手来拉住芭贝特的爪子，"纪念我们亲爱的母亲。"

这声宣布迎来了一阵完全的沉默，只有花纹蛇发出了咝咝两声。

"你们不喜欢？"菲比说着，坐起来了一点儿，环顾着大家。

"呃，这事还是你决定吧。"松鼠说。

"我和弗莱德决定。"菲比看着丈夫，"亲爱的，你怎么想？"

弗莱德放下双胞胎，抚摸着小宝宝的脑袋。"叫小耐心怎么样？"他说。

"小耐心？"

宝宝咿咿呀呀叫了一声。

"这个名字真是又甜又美。"臭鼬说。

"美极了！"松鼠说。

"不算坏。"蛇说。

"小耐心,"菲比念着,"这名字的音节还挺美的。"

"棒极了。"麦特说,"现在我能吃早饭了吗?"

"老天,蝙蝠还在睡觉。"松鼠说,"得告诉他们一声。"

"蝙蝠!"麦特喊道。

蝙蝠正悬在山洞另外一头的天花板那里,这会儿,他们睁开了睡意浓浓的瞎眼。"什么事呀?"蝙蝠先生说。

"菲比阿姨生了!"麦特说。

两只蝙蝠立刻飞了过来。"旱獭,恭喜你呀,"蝙蝠太太说,"生了几个?"

"就一个,"弗莱德说,"不过她很完美。"

"干得漂亮。"蝙蝠先生说,"取了个什么名字?"

"小耐心。"菲比说。

"这名字真可爱。"蝙蝠太太说着,推了推蝙蝠先生的翅膀,"亲爱的,我想,我们俩是不是也该考虑要个——"

"老天爷,"蝙蝠先生说,"旱獭,有个趣闻要跟你们说。猜猜昨晚我们碰见谁了。"

"谁呀?"弗莱德说。

"玛格丽特。"

"什么!"菲比叫了起来,"在哪里?"

"就在离这儿不远的地方。"

动物们紧张地交换了一下眼神——除了菲比,她迫不及待地问着那孩子好不好。

"好着呢,"蝙蝠太太说,"说起来,她好像长进了不少。"

"也不是特别难嘛。"蛇嘟囔了一句。

"她还会回来吗?"弗莱德不安地问道。

"我看不会了,"蝙蝠先生说,"她应该是和其他的人类在一起了。"

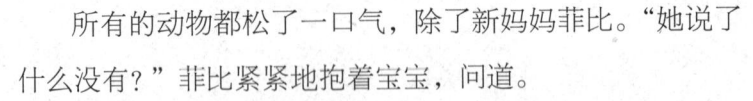

所有的动物都松了一口气,除了新妈妈菲比。"她说了什么没有?"菲比紧紧地抱着宝宝,问道。

"她说你们的洞都弄好了——大概就是这样的话。"蝙蝠先生说,"她还说谢谢你们。"

"谢谢我们?"菲比惊讶极了。

"那只老獾呢?"弗莱德对洞的事情很感兴趣。

"据她说,那只獾走了。"蝙蝠先生说。

"我得看一看再说,"弗莱德说,"亲爱的,你没事吧,要是我……"

"没事,你去吧。"菲比说着,给孩子喂起奶来。

弗莱德连忙跑了出去,奔进朝阳底下。绚烂的夏日已经来临了,可他急着要看看自己的旧窝,一点儿也没注意到天气。走到那熟悉的洞口,他停下来,喊了一声。没有应答。他拼命咽了一下,朝洞穴里走了进去。

没一会儿,这只快乐极了的旱獭就回到山洞里。臭鼬正在帮芭贝特给麦特和双胞胎准备早饭,松鼠得到了菲比的批准,正抱着宝宝小耐心。弗莱德接过宝宝,小东西在他的臂弯里睡得正熟,即便如此,他还是没能忍住,提高了嗓门。

"菲比,说了你都不信!那个地方现在又腾空了,干干净净,跟新的一样!就连家具都修好了——算修好吧!还有一盏魔灯,可以开开关关!"

小耐心发出咯咯声,醒了。

"老天呀,"菲比说,"该不会是玛格丽特干的吧?"

"肯定是。"

菲比笑容满脸。看起来玛格丽特的确是知道要感恩了。

"还有还有!"弗莱德转过身对其他动物说,"我们那个旧窝……"

他的声音渐渐低了下去。大家都没有笑,事实上,大家看起来都有点儿闷闷不乐,松鼠简直就快要崩溃了。

"怎么了呀?"弗莱德说。

"这是不是就是说,你们要离开这里了?"松鼠说。

"水獭说我们家那边的水位也退下去了,"芭贝特轻叹了一口气说道,"要是你们走了,我看我们也该走了。"

"哦,亲爱的。"臭鼬说着给双胞胎擦去了鼻尖上的蜗牛汁。

"那只脑子进了水的水獭能知道什么呀?"蛇小声嘀咕了一句。

"妈妈,这里地方更大,"麦特呜呜叫着,"也更好玩儿。"

"是的是的。"双胞胎也吱吱叫着。

"蝙蝠先生还要教我倒挂金钩呢。"麦特说,"是不是呀,蝙蝠先生?"

"只要你妈妈同意。"蝙蝠先生说。

"老天,"松鼠抱着小宝宝哄着,"我还一心指望着要带这个宝宝小耐心呢。"

菲比拉过弗莱德的手掌。"亲爱的,你真的很想回去吗?"

弗莱德看看这乱糟糟的山洞以及周围这一群动物,原本一想到要回他那个整洁、私密的小窝,他就兴奋不已,可眼下,他又有点儿不确定了。玛格丽特走了,这个山洞好像也变了。或者说,也许是他自己变了?不知怎的,让一切都井井有条好像变得没那么重要了。

"说起这个,"他捏了菲比一下,"我已经有点儿习惯这里了。"

"万岁!"松鼠欢叫着,抱着孩子在大腿上颠了起来。

"噢耶!"蝙蝠吱吱叫道。

"真是个十分明智的决定。"臭鼬说。

"也许我们也会留下来的。"芭贝特说。

"妈妈,谢谢你!"麦特喊道。

"当然了,"弗莱德转过身对花纹蛇说,"还是要问一问这里的原住民有没有什么意见。"

"呃,我没什么问题,"蛇说,"只要那些浣熊豪猪什么的别成天来这里转悠——还有河里的那个小痞子。"

"我想我可以叫他们离远点儿。"芭贝特说着,给了蛇一个微笑。

"那么,蛇,就这么说定了?"弗莱德说。

"呃,也没什么不可以的,"蛇说着,昂起了脑袋,"这里有这么好的环境,我想是一个养孩子的好地方,就是养那个叫什么来着的……对了,小耐心。"

嗯,的确如此。

图书在版编目（CIP）数据

坏脾气的玛格丽特／（美）塞德勒著；（美）阿吉图；陈静抒译. 一昆明：晨光出版社，2015.4（2025.4重印）
ISBN 978-7-5414-7073-8

Ⅰ.①坏… Ⅱ.①塞… ②阿… ③陈… Ⅲ.①儿童文学-长篇小说－美国－现代 Ⅳ.①I712.84

中国版本图书馆CIP数据核字（2015）第044542号

MEAN MARGARET by Tor Seidler
Copyright ©1997 by Tor Seidler
Used with the permission of Pippin Properties, Inc. through Rights People, London
ALL RIGHTS RESERVED.

本书中文简体版由皮平版权公司〔美〕授权云南晨光出版社有限责任公司独家出版。未经出版者许可，任何单位或个人不得以任何方式复制、摘录或抄袭本书中的任何内容。

著作权合同登记号 图字：23-2014-117 号

坏脾气的玛格丽特
HUAI PI QI DE MA GE LI TE

出版人　吉　彤

作　　者	〔美〕托尔·塞德勒
绘　　画	〔美〕约翰·阿吉
翻　　译	陈静抒
项目策划	禹田文化
责任编辑	李　政　常颖雯　付凤云
封面设计	木
版式设计	惠　伟

出　　版	晨光出版社
地　　址	昆明市环城西路 609 号新闻出版大楼
邮　　编	650034
发行电话	（010）88356856　88356858
印　　刷	北京润田金辉印刷有限公司
经　　销	各地新华书店
版　　次	2015 年 5 月第 1 版
印　　次	2025 年 4 月第 24 次印刷
开　　本	145mm×210mm　32 开
印　　张	5.5
ISBN	978-7-5414-7073-8
字　　数	105 千
定　　价	22.00 元

退换声明：若有印刷质量问题，请及时和销售部门（010-88356856）联系退换。

金牌小说